ベリーズ文庫

破滅エンドまっしぐらの悪役令嬢に転生したので、おいしいご飯を作って暮らします

和泉あや

STARTS
スターツ出版株式会社

目次

第三幕

ザック

疲労と空腹で倒れたところをアーシェに助けられた青年。「ただの旅人」と名乗るのみで詳しい正体は不明。アーシェがおいしいご飯をつくるかわりに、護衛として一緒に旅することに。デリカシーは出張中で、アーシェを無自覚に怒らせてしまう。

アーシェリアス

アーシェリアス・ルーヴ。通称アーシェ。前世ではOLをしながら母の経営する小料理屋の手伝いをしていた。彼氏に貯金を全部だまし盗られ、死にたい気持ちで缶ビール片手に橋から川を見下ろしていたら、手すりに立つ若者を発見。助けに行くが、一緒に落ちてしまい死亡。享年26歳。神の手違いで乙女ゲームの悪役令嬢に転生。

シーゾー

神様が「間違って悪役令嬢に転生させてしまったお礼に」とアーシェに授けてくれたお手伝い妖精。垂れ耳で、背中には大きくはないが羽が生えているので飛べる。好物のビスケットを与えると、料理に必要な食材を何でも召喚してくれる。

破滅エンドまっしぐらの悪役令嬢に転生したので、おいしいご飯を作って暮らします

hametsuendo masshigura no akuyakureijo ni tensei shitanode oishiigohan wo tsukutte kurashimasu

Character Introduction

ノア

幻の果物探索中に出会い、アーシェたちの旅の仲間に加った。魔物の心を理解できる特殊な力を持っている。可愛らしい見た目だが実は……。

エヴァン

エヴァン・クラーク。強靭な肉体をもつ脳筋騎士。一日ひとつマンゴーを食べる。アーシェの事を「マンゴーのレディー」と呼ぶ唯一の人。

レオナルド

アーシェの兄。前世では彼こそが推しキャラだったので、兄と知った瞬間は絶望した。父の仕事を手伝い、跡取りとして学んでいる。

神様

自分を助けようとしたお礼にと、アーシェを乙ゲーの世界に転生させてくれる。しかし、キャラを間違えるという痛恨のミスをおかす。

ミア

アーシェが前世でプレイしていた乙女ゲームのヒロイン。愛されるようにいい子を演じていて、玉の輿に乗りたい願望が強い腹黒女子。

アルバート

乙女ゲームのメインヒーロー。王国騎士団総長の父を持つ公爵家の跡取りで、13歳の時にアーシェの許嫁となる。俺様で自信家。

第一幕

飲んで呑まれてさよならと手を振って

深夜、橋の上から見下ろす川のせせらぎに、楽しげな女性の声が重なる。

どこか甘えるようなその声色につられ、手すりに肘《ひじ》をつき寄りかかっていた莉亜《りあ》は、項垂《うなだ》れていた頭をのそりと持ち上げ振り返った。

視線の先には仲睦《なかむつ》まじく寄り添い腕を絡めて歩く若い男女。

他人のことなど視界にも入らないといった感じでふたりの世界に浸る男女が通り過ぎると、莉亜は手にしている缶ビールに口をつけ、ぬるくなったそれを喉に流し込んだ。そして、盛大なため息を吐き出してからまた眼下に流れる川に視線を落とす。

(いっそ、ここから飛び降りちゃおうか)

バカなことを考えているのはわかっている。けれど、そんな風に考えてしまうほど、莉亜は今、絶望していた。

脳裏に浮かぶのは昨日まで彼氏だった男の姿。

今年の春、二十六歳の誕生日を迎えた莉亜。元彼は三つ年上で、付き合って半年だった。二カ月前には結婚の話も出ていて交際は至って順調。

少しでも早く式を挙げようと結婚式場を巡《めぐ》り、大きなステンドグラスに惹《ひ》かれてここにしようと決めたのが一週間前。

『じゃあ僕が結婚式の費用を振り込んでおくよ』

そう言って、莉亜から四百万円を受け取り……彼はそのまま消息を絶った。

連絡が取れなくなり、自分が騙されたのではと疑うまでに時間はかからなかった。

教えてもらっていた住まいを訪ねてみたがそこには公園が広がるのみ。

（え？　まさか遊具がお家的な？）

そんなバカなと思いつつも公園内を探してしまったのは、どこかに信じたい気持ちがあったからだ。

なにか理由があるはずで、本当は自分を騙してなどいないのだと。

『もしかしたら彼、なにかの事件に巻き込まれたのかもしれない』

そう莉亜に相談された母親は、自らが経営する小料理屋の営業準備をしながら呆《あき》れた口調で言葉を返した。

『あんたが事件に巻き込まれたのよ』

その日、莉亜は小料理屋の手伝いを休ませてもらい、客と一緒に飲んだくれた。

バカ野郎と叫び、なんで私がこんな目にと嘆《なげ》き、クソ男に裁きを！と怒り、常連の客らに慰められ、朝まで飲んだ。

翌日の二日酔いはひどいものだったが、そんなことよりも懸命に貯めてきたお金を全部持っていかれたことの方が莉亜にはつらかった。

街灯の光を背に受けて、莉亜はまた溜め息を落とす。

「はぁ……死にたい」

騙されたことが情けなくて、愛してしまったことが悔しくて。涙で滲《にじ》む瞳で、夜空に煌々《こうこう》と輝く三日月を見上げた時だ。

視界の隅でなにかが動いた気配がし、莉亜はなんとなくそちらに視線をやって……仰天した。

橋の手すりに、青年が立っているのだ。

アイボリー色の柔らかそうな薄手のニットに、色落ちしたダメージデニムパンツ。月の光を受ける赤味がかった髪が、夏の夜風に柔らかく揺れる。

莉亜が様子を窺《うかが》う中、青年の視線が橋の下を流れる川の水面に落ちた。

（えっ、え、え？　ま、待って。やっぱりそういうつもり？　ここから身を投げて世知辛《せちがら》い世の中からおさらばしちゃうやつ⁉）

それにしては、青年の瞳に暗さはない。表情も悲壮感など微塵《みじん》も感じられず、どちらかといえば満足そうに見える。

(もしかして思い残すことはなにもない顔じゃないこれ⁉)

　自分よりいくつか年下に見える青年だ。ここで命を終わりにせずにいれば、まだまだ生きていてよかったと思えることに巡り合えるに違いない。だから早まってはいけないと莉亜は、缶ビールを乱暴に手すりに置くと青年目がけて走り出した。

「死んだらダメ！」

　自分が死にたい気持ちだったのも忘れ、青年を助けようと手を伸ばしたが、一拍遅かった。

　青年の体がぐらりと前方へ傾いていく。それでも諦めまいと青年の足を掴もうと手すりに身を乗り出した。

　莉亜の手が青年の足を掴む。けれど、次の瞬間。

「やっ、うううっ⁉」

　嘘でしょう、と続くはずだった言葉は音になることはなかった。

　そんな余裕など一ミリもなく、莉亜の体が青年の足を掴んだままに引きずられて、橋の外側へと飛び出してしまったのだ。

　近くに助けを求められる人は誰もいない。先ほどの男女はもう橋を渡り切って姿も見えなくなってしまっている。

目撃者もいないままに、莉亜は青年と共に助かることは奇跡といえる高さから川へと落下した。


——甘く優しい香り。

莉亜が最初に感じたものはそれだった。

一体なんの香りなのかと、確かめるためゆっくりと瞼《まぶた》を開いた莉亜の目に映ったのは、白い雲が浮かぶ黄色い空だ。

(……なんで、黄色いんだろう)

空は水色や灰色、濃紺ではなかっただろうかと考えていると、すぐ近くから口笛の音が聞こえてきて、莉亜はそっと上体を起こした。

すると、口笛がやんで代わりに「やあ、おはよー」というのんきで爽やかな声がかけられる。

起き上がった莉亜の隣で、片膝を立てて座る青年が微笑んだ。

「お、はよう、ございます……」

そう口にしたのと、青年が誰であるのかを思い出したのは同時だった。

「あなた！　さっきの自殺志願者！」

莉亜に指差された青年は、おかしそうにクスクスと肩を揺らす。

「我《われ》は自殺なんて望んでないよー。そなたの勘違い」

「でも、飛び降りたじゃない」

「うむ！　そこが入り口だったゆえ」

「……はい？」

青年がなにを言っているのか理解できず、加えて話し方に癖があるため、眉間に皺《しわ》を寄せる莉亜。

そんな莉亜の様子を特に気にした気配もなく、青年はまた口笛を吹く。

マイペースな青年を前に、莉亜は意味がわからないままに辺りを見渡した。

広がるのは、見渡す限り一面の花畑。緩やかな風に身を揺らすのは小さな赤い花々。

遠くに見えるのは、黄色い空から落ちるいくつもの細い滝。

「……ここ、どこ？」

自分は橋から川に落ちたはずだと思い出し、ではなぜ生きているのかと思わず自分の両手を見つめる。

「死んでないの？」

こぼした疑問に答えたのは青年だ。

「残念ながら死んだんだな」

「えっ⁉　じゃあここは……天国？」

それならばこの不思議な景色も納得だと再び辺りに目を走らせたのだが、青年は「違うよー」と否定を口にした。

「それなら、地獄？」

不可思議ではあるものの穏やかな景色は、地獄の風景とはかけ離れている気もする。生きている人間が想像した世界だ。違うこともあるだろうと思い聞いてみた。

しかし青年はそれも違うと頭を振る。

「ここは神界《しんかい》」

「しん、かい？」

「神々の住まう場所、と言えばわかるかなー？」

「神界……ということは、あなたは神様？」

神々《こうごう》しさのカケラもないけれど、神様の住む場所にいるならばそうなのだろうと思って確かめてみると、青年は「あーたりー！」と軽い口調で答えて笑みを浮かべた。

本当かよと心の中で突っ込みつつ、ではなぜ死んだとされる自分が天国でも地獄でもなく神界にいるのか。

もしかして、天国や地獄などなく、死んだ者は神界に来るものなのかと考えて問うと、神様だという青年は生を終えた者は普通ここには来ないと言った。

「じゃあ、なんで私が神界に？」

混乱する莉亜の眉間の皺が深くなる。

「それがさぁ、我、人間界を満喫した帰りだったんだけど、神界の入り口に入ろうとしたら、いきなりそなたが我の足を掴んできたんだよー」

「え……入り口って、川？」

「そう、川～。で、人間であるそなたは落ちて死んでしまったんだけど、そなた、我を助けようとしてくれたんだろうなと思ってねー。そのまま天国に送るのも申し訳ないなぁって、とりあえずここに連れてきましたー」

ヘラッと笑いながらの状況説明を聞いた莉亜は思わず白目を剥《む》いた。

助ける必要のない人……いや、神様を助けたがために死んでしまったのだ。

言葉の代わりに盛大な溜め息を吐き出して花畑に倒れ込む。

ふわりと、最初に感じた甘い香りが濃くなって、僅《わず》かに残っている冷静な自分が、あれは花の香りだったのかと納得した。

そして、この香りが母が好んでつけていた練り香水のものに似ていることに気付く。

「お母さん……ごめんね」

今頃悲しんでいるだろう。夫に先立たれただけでなく、娘まで自分より先に死んでしまうなんて。

こぼした声を聞いて、神様が小首を傾げる。

「巻き込んでごめーん」

「いや、ごめーんて謝るにしては軽すぎない⁉」

「そう？　でも、早とちりしたのはそなただし」

「あの状況で、あ、この人神様だから助けなくて大丈夫だわなんて判断できるわけないから！」

「確かに〜」

勢いよく起き上がって突っ込みを入れた莉亜に、アハハと楽しそうに笑う神様。

マイペースすぎて、莉亜は若干イラッとさせられたが、ここで怒りをぶつけても状況が変わるわけではないと悟り、冷静になろうと息を深く吸い込んだ。

「それで……私はここに連れてこられてなにをするの？」

まさか神様の仲間入りでもするのだろうか。それとも召使いとして働くことになるのか。もしくは天国と地獄、どっちに行きたいかを選べる特典がつく？

（いや、それなら天国一択でしょ）

様々な予想を脳内で繰り広げていると、神様は笑みを浮かべて言った。

「お詫《わ》びに、次の人生は好きな世界に生まれ変わらせてあげようではないかー」

「好きな、世界？」

「そう。また同じ世界の日本でもいいし、外国でもいい。過去の時代に生まれ変わりたければそれも可能だ。そなたのいた世界ではない、異世界もまた然り」

「え？　つまり、どんな世界でも選びたい放題ってこと？」

思わず身を乗り出すように問うと、神様はうんうんと二回頷く。

その返答に、莉亜の頭に思い浮かんだのはひとつの世界だ。

「た、例えば、ゲームの世界とか、いける？」

「ゲームとは、人が作りし娯楽のひとつか。いかなる理由で作られたにせよ、一度生まれた世界ならば魂《たましい》を送り込むことは可能だよー」

神様の言葉に、莉亜は興奮を隠せず「神様ヤバイ！」と瞳をキラキラさせる。

「それならぜひ、『ファーレンの乙女《おとめ》～永遠《とわ》に続く誓い～』の世界で！」

「ファ……？」

女ゲームだ。

『ファーレンの乙女～永遠に続く誓い～』とは、莉亜が高校生の時にドはまりした乙女ゲームだ。

舞台は中世ヨーロッパ風の世界。とある国から引っ越してきた主人公のミアが、タイプの違う攻略対象のイケメンたちと出会い、恋を育み、それぞれに用意された試練を共に乗り越えて結ばれる物語。ゲームシステムとしては、教養や気品、魅力などの各パラメーターを伸ばし、主人公を育成する作りになっている。

主人公と名前が似ていることもあり、感情移入しまくりの思い入れ深いゲームなのだ。

「ファーレンの乙女、ファーレンの……おお、これか」

呟きながら神様が操作するのはスマホ。

「え、スマホ？　神界用のスマホ？」

「そう。いろんな世界の情報がここに蓄積されてるんだよー」

話しながら画面に指を滑らせ、神様はファーレンの乙女に関する情報を読む。

「ふむふむ、なるほど。この世界は我もまだ行ったことないなー。今度見学しに行こう」

楽しげに言うと、神様はスマホに落としていた視線を上げて、茶色い瞳に莉亜を映した。

「さて、さっそくそなたを新しく生きる世界へ送るよー」

「いきなり⁉　主人公ね！　主人公でよろしくね！」

主人公になって、当時大好きだった推しキャラと結ばれるのを目指そうとリクエストする。

（何度もプレイして選択肢も完璧に覚えてるし、私は必ず幸せになれる！）

元彼に騙され、うっかり死んでしまった今生は来世の幸せを噛みしめるために必要なステップだったのだと握りこぶしを作る。

「神様！　主人公よ！」

「はいはーい」

念を押した莉亜は、相変わらずの軽い返事に不安を覚えたけれど、それも一瞬のこと。

「では、そなたの来世に幸あらんことを」

神様の祝福を受けた莉亜は、眩《まばゆ》いばかりの光に包まれて、気持ちのいい眠気に瞼を閉じたのだった。

はじめまして、運命のおやき

少女が目を覚ましたのは明け方だ。

昨夜は少女が大好きな母の葬式だった。

悲しみに暮れ、泣き疲れて眠り、普通ならばどんよりとした気持ちで朝を迎えるはずなのだが。

「……私、莉亜だった……！」

身近な存在の死に触れたせいか、夢の中で前世の記憶を取り戻した少女は、興奮した面持ちで愛らしいふっくらとした頬を両手で覆う。

眠りにつくまでは前世のことなどカケラも思い出したことはなかった。

料理好きの優しい母と、厳しくも愛情溢れる父のもとに生まれ、伯爵家の令嬢らしく蝶よ花よと育てられて今年で十歳。

これまで莉亜という名前すら脳裏によぎることもなかったのに、いきなり前世の記憶がすべて入り込んできた。

まだ混乱しているものの、莉亜だった少女は自分が生まれ変わったことを理解する。

（生まれ変わったということは、つまりこの世界はファレ乙の世界！）

記憶がなかった時はまったく意識していなかったが、莉亜の意識が覚醒《かくせい》し自分の置かれている状況が把握できたことで、すべて興奮材料に取って代わる。

少女として過ごしてきた日々の中で得た知識では、ここは間違いなくナティオ大陸の西方に位置するファーレン王国だ。

ファーレンは緑が多く農業が盛んな国で、現在は女王が統治している。

少女の父はファーレン王国内の西、マレーアという港町の領主であり、三日前に最愛の妻を亡くしたばかり。

（お母様……）

前世の記憶が蘇《よみがえ》ったために意識が逸れていたが、もう二度と会えない母の優しい笑みを思い出すと胸が痛い。

莉亜の母のことも脳裏をよぎり、さらに寂しさを募らせたところで、あることに気付き、瞳に滲んだ涙がぴたりと止まる。

「……お母様が、亡くなった？」

主人公ミアの母は生きているはずだ。ミアは両親とともにマレーアに引っ越すのだから。

と、ここでさらなる矛盾に気がついた。

ここは、すでにマレーアだ。そして、ミアの父親は伯爵などではない。

少女はそこで初めて自分が誰であるのかを意識する。

つ、と視線を壁際にかけられた姿見に移し、八割がた自分が誰なのか見当がつきつつも天蓋《てんがい》つきのベッドから降りた。

白色に染まる可愛らしいワンピースのナイトウェア、その裾が不安と共に揺れる。

（マレーアの領主で伯爵……その娘といえば）

そうであってはならない、ある人物の姿が思い浮かぶ。

一歩、また一歩と絨毯《じゅうたん》を踏みしめ、恐る恐る姿見に自分の姿を映し……。

「やっぱりアーシェリアスーーー！！」

転生した自分の名を叫んだ。

「なんでアーシェリアス！」

愕然《がくぜん》と膝をつく少女、アーシェリアス・ルーヴは、主人公ミアのライバルとなる、常に偉そうな態度が鼻につく伯爵令嬢だ。

だが、ミアでないことを嘆く以前に、絶対にあってはいけない事態が起きたことに落胆していた。

その理由は、莉亜の推しキャラにある。

莉亜の推しキャラ、それは……。

「アーシェ！　なにかあったのかい!?」

莉亜の叫び声を聞いて心配し駆けつけたこの青年。

「……レオ……兄様ぁぁぁ……」

レオナルド・ルーヴ。アーシェリアスの兄なのだ。

ミアとなって推しキャラのレオと結ばれる――その夢は、莉亜の記憶が覚醒してから五分も経たぬ間に潰《つい》えた。

彼が実は養子や友人夫婦の息子という設定であればまだよかったが、アーシェリアスとレオナルドは正真正銘の兄妹だ。

「なぜこんなことに……うぅっ」

嘆く妹の傍《かたわ》らにひざまずくレオナルド。覗き込むように首を傾げると、アーシェリアスと同じ綺麗な黒髪がさらりと流れた。

「なにがあったんだ？　俺に話せるかい？」

間近に迫るレオナルドの端整な顔。

アーシェリアスとしては見慣れているが、莉亜としては歓喜の声をあげそうになり、それを必死に押しとどめる。

「な、なんでもないの、兄様」

「でも叫んでいただろう？　顔も少し赤い」

（それはレオがかっこいいから！　しかも若い！）

心の中で返して、アーシェリアスは「本当に大丈夫だから」とごまかした。

しかしまだ心配そうに眉を下げて様子を窺うので、アーシェリアスは「悪い夢を見たの」とレオナルドに告げる。

すると、レオナルドの手がアーシェリアスの背を優しく撫《な》でた。

「母上を失ったばかりだ。仕方ない」

母を失ったのはレオナルドも同じだ。けれど、気丈に振る舞い妹の痛みを和らげようとする。

莉亜はレオナルドの強くあろうとする姿勢と優しさが好きなのだ。

上から目線で傲慢なアーシェリアスと兄妹とは思えないと、ゲームをプレイしていた時はよく思っていた。

「アーシェが落ち着くまでこの兄が共にいよう」

（それ逆に落ち着かないやつ！）

今までのアーシェリアスなら落ち着いたのかもしれない。

けれど、莉亜の記憶が覚醒してしまった今となっては逆に興奮してしまいそうで、下手するとレオナルドに変な目で見られるオチになるのは火を見るよりも明らかだ。

アーシェリアスは、腰まである柔らかな黒髪をそっと揺らし、頭を振った。

「私は大丈夫。兄様こそ休んで。そして、お父様を支えてあげて」

「アーシェ……」

慈《いつく》しみを込めた瞳でアーシェリアスを見つめるレオナルドは微笑んで頷く。

「ありがとう。さあ、立って。もう少し休むといい」

「はい、兄様」

レオナルドに促されて立ち上がると、アーシェリアスはベッドに横たわる。そして、いつものようにレオナルドがおでこに口づけた。

ただの挨拶だとわかってはいても、莉亜としては恥ずかしくて頬を赤く染めてしまう。

まだ薄暗くてよかったと思いながら、「おやすみ」と部屋を出るレオナルドを見送り、混乱と興奮を落ち着けようとしばらく深呼吸を繰り返したのだった。

——前世の記憶を取り戻してから一週間。

最初の頃は、ゲームで見たことのある景色や登場人物たちに、莉亜として反応することもあったアーシェリアスだったが、次第に転生したという状況に慣れて落ち着き始めていた。

「お嬢様！　すごいです！」

「ライラの教え方がいいから」

「いいえ、お嬢様の覚えがいいんですよ」

侍女のライラと共にエプロン姿で厨房に立つアーシェリアスは、現在おやつのスコーンを作っている。

ライラはアーシェリアスよりも十歳年上で、屋敷に仕える侍女の中でも気さくに接してくれる姉のような存在だ。

(少しベタつくから打ち粉した方がいいかも)

料理好きで小料理屋でも色々と調理していた莉亜の記憶を頼りに、アーシェリアスはまだ少し小さな手で小麦粉に手を伸ばす。そして、ためらうことなく生地に打ち粉をし、手早く折りたたむ。

アーシェリアスの手際のよさに、ライラは感心して声をこぼした。

「こんなにできるなんて、奥方様の血を受け継いでいらっしゃるからですかね」

　それはなにげなく発した言葉だったのだが、ライラは自分の配慮のなさに気付いて慌てる。

「ご、ごめんなさい！　私ったらお嬢様のお気持ちも考えずに……」

「いいの、ライラ。気を使わないで」

　気を使わせてしまってはいけないと、笑顔を作って生地を丸い形に整えていると、ライラが眉を下げて微笑んだ。

「無理をなさってはいませんか？」

「え？」

「奥方様の葬儀後から、お嬢様が急に大人びたと屋敷の者たちが心配しています」

「あー……」

　それは莉亜の記憶が覚醒したせいだとは言えるはずもなく、アーシェリアスはとにかくライラに安心してもらえるよう「成長したの」と明るく笑った。

　正直なところ前世の記憶には助けられている。本来ならまだ悲しみにふさぎ込んでいる時期なのだろうけれど、ゲームで見たもの聞いたものなどがあればテンションが上がり気持ちが少し晴れるのだ。

それに、せっかく転生したのだ。悪役令嬢と呼ばれる、主人公をいじめる敵役ではあるものの、そのことにとらわれず大好きなゲームの世界を心ゆくまで堪能したいと、アーシェリアスは前向きに考える。

だから、悲しい気持ちではなく、温かな気持ちで母のことを思い浮かべた。

料理の得意なアーシェリアスの母は、コックと一緒によく厨房に立って家族のために手料理を振る舞っていた。

いつか自分も母に手料理を食べてもらいたいと密かに思っていたのだが、残念ながらその夢は叶《かな》うことはなかった。

「お母様の焼いてくれたスコーンは、お店で買うのとは違う、どこか優しい味がするの。なにか特別な作り方をしていたのかしら」

「愛情をたっぷり入れているからですよ、きっと」

「愛情……そうか。きっとそうだわ」

莉亜の母も言っていた。料理は作り手の愛情だと。食べてくれる人の喜ぶ顔と美味しいという言葉は最高のお代だと。

アーシェリアスは笑みを浮かべて、切り分けた生地を天板に並べてから、ライラに渡された卵液を塗る。

「旦那様とレオナルド様にも食べていただきましょうね。お嬢様の愛情たっぷりスコーン！」

「ええ！」

そうしてオーブンの扉を閉め、ライラの淹《い》れてくれた少し甘みのあるルイボスティーを飲みながら焼き上がるのを待っていた時だ。

「アーシェはいるか？」

厨房にやってきたのはアーシェリアスの父、オスカー・ルーヴ伯爵だ。

ライラが急いで立ち上がり、「おかえりなさいませ、旦那様」と一礼する。

「お父様！　おかえりなさい」

「ただいま」

「お父様、今スコーンを焼いているの！　一生懸命作ったのでよかったらできたてを食べてくれますか？」

アーシェリアスに言われてオーブンを見るオスカー。厨房に入る前からいい香りがすると思っていたため、それが娘の作っているスコーンだと知り頬を緩める。

「ありがとう。楽しみだ。しかしすまない。また仕事に戻らなければならないから、夜にいただこう」

「そうなのですね……」

しょんぼりと肩を落とした娘の姿に申し訳なく思いながらも、オスカーはアーシェリアスの前に立った。

「少し帰ったのは、アーシェ、お前に話があるからだ」

「お話ですか？」

わざわざ帰ってくるような急ぎの話とはなんだろうと首を傾げたアーシェリアスに、オスカーは部屋に行こうと誘って廊下へと出た。

もうじき焼き上がるスコーンはライラに任せ、アーシェリアスはエプロンを脱ぎ、父と共に部屋へと向かう。

午後の日差しが溢れる部屋に入ると、オスカーは窓際の白いアンティークソファに腰かけて、アーシェリアスに隣に座るように促した。

アーシェリアスはフリルのあしらわれたクッションを背にちょこんと座り、父の顔をまっすぐに見る。

「実は、お前に縁談がきているんだ」

「縁談」

父の言葉を真似て繰り返したところで、アーシェリアスは目を大きく見開いた。

今まで前世の記憶に振り回されて忘れていたが、確かにアーシェリアスには許嫁《いいなずけ》がいる設定だ。

それは、ファレ乙の攻略対象でありメインヒーローとなる人物。

「サイフリッド家の長男、アルバート卿《きょう》だ」

（やっぱり俺様公爵アルバート！）

アルバート・サイフリッド。容姿端麗で父親は王国騎士団を束ねる総長の任についている。そのため、自身も幼い頃から剣術の鍛錬《たんれん》を重ね、主人公のミアが引っ越してきた頃には騎士として活躍しており、女性たちの憧れの的だった。

だがしかし、自信家で俺の言うことは絶対だと言わんばかりの接し方をするアルバートは、まったくと言っていいほど莉亜の好みではない。

しかも、アーシェリアスへの態度にも許嫁に対する配慮など微塵もなかった。

兄のレオナルドの方が一億倍素敵だと推しの魅力を再確認し、アーシェリアスは父の目をしっかりと見返す。

「ありがたいお話ですが、お断りしたいです」

まさか断るとは思っていなかったのか、オスカーは目を丸くした。

「なぜだ？」

「アルバート様には、私よりもずっと相応《ふさわ》しい方が現れるからです」

その相手とは主人公ミアのことを指しているのだが、アーシェリアスが断りたい大きな理由は別にある。

それは、ゲームのシナリオ通りにミアが現れた場合、ミアがアルバートルートに入ってしまうと、悪役令嬢ポジションのアーシェリアスは婚約破棄されるだけでなく、不敬罪を言い渡され国外追放となるからだ。

(自分だけがそうなるのならかまわない。でも、伯爵家の令嬢が追放となれば、家名にも傷がついてしまう)

自分のせいで優しい父が苦労するのは嫌だった。そしてなにより、兄であるレオナルドの未来を傷つけたくはないのだ。

(推しの未来は私が守る!)

決意も固く、アーシェリアスは思案する父の様子を見守る。

「……わかった。では、アーシェの意志を尊重し、返事をしよう」

「ありがとうございます!　お父様!」

これでルーヴ家の未来は安泰だと胸を撫で下ろしたアーシェリアスだったのだが……。

──夕食後、サイフリッド家から帰ってきた父の報告にアーシェリアスの思考も動きもフリーズした。

「サイフリッド公爵が、縁談を断ったアーシェに興味が出たらしく、その相応しい相手はきっとお前だということで許嫁にしたいと」

これ以上断れば両家の関係も悪くなる。申し訳ないが、家のためにも了承してほしいと父から頼まれてしまい、アーシェリアスは仕方なく頷いた。

(子が勝手なら親も勝手！　これはもう、ミアが現れたらアルバートではない人を好きになってもらわなくちゃ！)

密かにこぶしを作り、心中で闘志を燃やすアーシェリアス。

その夜、アーシェリアスは残ったスコーンを鷲掴みし、やけ食いしたのだった。

それから数日後。

「買う物はこれで全部？」

顎にリボンのついた可愛らしいストローハットを被ったアーシェリアスは、紅茶の専門店から出ると、腕に荷物を抱えたライラを見上げた。

心地よく晴れ渡る秋の青空に輝く太陽は、すでにてっぺんを過ぎ西へと傾き始めている。

アーシェリアスは、港へ視察に赴いている父と兄に差し入れを届けに向かっている最中だ。ライラもメイド長から買い出しを頼まれており、それなら一緒にと共に市場を訪れている。

「ええ、お嬢様……あっ、いけない！　レオナルド様のお好きな茶葉を買い忘れてました！」

「じゃあ、私はここでショーウィンドウの商品を眺めているわ」

店内で気になっていた商品がショーウィンドウに飾られているのに気付いたアーシェリアスが指差しながら伝えると、ライラは「すぐに戻りますね！」と再び店の扉を開けた。

「すみませーん」というライラの声は、扉が閉まると同時に聞こえなくなる。

そのタイミングで、アーシェリアスは少し前のめり気味にショーウィンドウを覗いた。

中に飾られているのはハーブティーだ。

前世では時々飲むこともあり嫌いではなかったが、いかんせんまだ体は子供。あまり飲まない方がいいと前世で得た知識もあるので摂取は控えている。

（本当はコーヒーも飲みたいんだけどなぁ）

ス○バのコーヒーを懐かしく思いながら、ハーブティーの箱と一緒に並んでいるティーカップも可愛いなと眺めていた時だ。

ガラスに映る通行人の中、胸元や腰回りに派手なアクセサリーをつけたアルバートの姿を発見し、アーシェリアスは驚きに目を丸くする。

実は、つい三日ほど前にアルバートとは顔合わせ済みだ。

アーシェリアスより三つ年上のアルバートは、姿こそまだ幼さが残るものの、態度はすでに俺様としてできあがっていた。

『お前がレディ・アーシェリアスか。僕の花嫁になれることを誇りに思え』

尊大な態度でそう告げられたのは、別にふたりきりになったからでもない。互いの父が互いの子を紹介してすぐのことだった。

アーシェリアスの父は一瞬真顔になったものの、すぐに笑顔で取り繕っていたが、帰りの馬車内では『なにかあれば、いつでもこの父に相談しなさい』と言っていた。

ここで見つかると俺様な態度で絡まれるかもしれない。

なるべく関わり合いになりたくないアーシェリアスは、手に持っている差し入れの入った籠《かご》を抱きかかえるようにし、紅茶専門店の横に伸びる裏路地へと入った。

メインストリートと違い、人気《ひとけ》もなくやや薄暗さを感じる細い道を進み、ちょうど身を隠せそうな大きさの観葉植物を見つけたので近付いたのだが。

「あ」

「…………」

思わず声を漏らすアーシェリアスを無言で見上げる、エメラルドグリーンの瞳。質のよいベルベット素材の外套《がいとう》を羽織る、綺麗な顔立ちをした金髪の少年が、退屈そうにあぐらをかいていた。

（先客がいたのね）

歳は自分と同じくらいだろうと推測しながら、アーシェリアスはとりあえずペコリとお辞儀をする。すると、少年もぎこちなくはあるがお辞儀を返してくれた。

「あの、ごめんなさい。少しだけお邪魔してもいい？」

「……お前も隠れたいのか？」

「そうなの。ちょっと会いたくない人がそっちの通りにいて」

苦笑しつつも説明すると、少年は少しだけずれてアーシェリアスが隠れられるスペースを空けてくれる。

「ありがとう」

お礼を告げて遠慮なくそこに座ったアーシェリアス。

「あなたも誰かから隠れているの？」

「まぁ、そんなところ」

「そっか。気が合うね……というより、そっちもなんだか大変そうね」

労いの言葉に、少年は肩をすくめて力ない笑みを浮かべた。

「そっちも、隠れなきゃならないなんて大変だな」

「フラグは折っておかないとね」

「フラグ？」

「そう。不幸な運命を回避するためにフラグを折りまくって抗うの」

自分を鼓舞《こぶ》するように背筋をまっすぐ伸ばすアーシェリアスは、少年のビー玉のような瞳を見つめる。

「人間は自由であるべきで、私は私だし、私の人生は私のものだもの。悲しいシナリオの犠牲になるなんてまっぴら！」

アーシェリアスの脳裏に浮かぶのは、莉亜としての記憶だ。

騙され、気持ちがどん底まで落ちて。終いには川にも落ちてその生涯に幕を閉じる羽目になった。

振り回されて終わる人生はもうご免だと、心の中で強く思う。

「自由……か」

少年が心に落とし込むように呟くと、アーシェリアスが大きく頷いた。

「そうよ！　私たちは自由なの！」

だんだんと選挙かなにかの演説じみた口ぶりになり始めた時、グゥゥと聞き覚えのある音がしてアーシェリアスは言葉を止める。

少年が恥ずかしそうにお腹を押さえているのを見て、アーシェリアスは持っていた籠に手を入れた。

「よかったらこれ食べる？」

そうして、紙に包まれたおやきをひとつ、少年に手渡す。

「……これは？」

「私が作ったおやきよ」

「おやき？」

少年は首を傾げながらも紙を広げて中を確認する。

出てきたのは、表面が黄金色に焼き上がった丸い形のおやきだ。

「パン？」

「小麦粉で作ってるし見た目は似てるけど別物。どちらかといえばおまんじゅうに近いかな」

アーシェリアスは前世で幼い頃、母と共におやつ用のおやきを家のキッチンで何度か作っている。その時、おやきは地域によって呼び方が色々あり、おまんじゅうと呼ぶところもあると聞いたのを思い出しながら話す。

「おまんじゅうってなんだ？」

「細かいことはいいから食べてみて！　結構上手に作れたと思うから」

アーシェリアスが勧めると、少年は小さい声で「いただきます」と言ってからひと口食んだ。そして、数度噛みしめた後、口内に広がったほのかな甘みに眉を上げて瞳を輝かせる。

「うまいし、甘い」

「さつまいもとリンゴを入れてあるの」

他にさつまいもとレーズンの組み合わせで焼いたものもあり、そちらも食べるか聞くと、ひとつ目を食べきった少年はコクコクと頷いた。

「もちもちしてるのもうまい」

「気に入ってもらえてよかった！」

少年の食べっぷりと褒め言葉にアーシェリアスが嬉しそうな満面の笑みを見せる。

すると、おやきを頬張る少年の口の動きが遅くなり、膨らむ頬をほんのりと赤く染めた。

「ん？　あっ、もしかして喉につまった⁉」

焦る表情を見せたアーシェリアスに、少年はハッとして小刻みに首を横に振る。

違うのかと胸を撫で下ろしたアーシェリアスに、最後のひと口を飲み込んだ少年は「名前は？」と訊ねた。

「私？」

自分を指差すと、少年がひとつ頷く。

「私はアーシェ。アーシェリアスよ。あなたは？」

「俺は――」

「おーい！　ザック！　どこだー？」

メインストリートから路地を覗く人影とその声に、少年が反応した。

「兄上だ。もう行かないと」

隠れる必要がなくなったのか、少年は立ち上がるとまだ座ったままのアーシェリアスを見つめる。

「おやき、うまかった。ありがとう」

「どういたしまして！　またね、ザック」

探し人である兄が口にしていたのが少年の名だろうと予想し、アーシェリアスが別れを告げる。

それは正解だったようで、ザックは「また」と返すとメインストリートへと小走りで戻っていった。

また会える保証はないけれど、いつかまた会えたらいいと願いながら、アーシェリアスもまた、半泣きでアーシェリアスを探し回るライラのもとへと向かったのだった。

突然の再会とモフモフの奇跡

アーシェリアスは、最悪の結末回避のために、アルバートとの距離を縮めないように心がけて過ごすようにしていた。

夜会などで許嫁として紹介されることもあり、そういった場合はルーヴ家の者としてアルバートの隣に立った。だが、それ以外は極力会わないように努めてきた。

そうすることで、ミアが現れる前にアルバートが別の女性に興味を持ち、穏便に婚約を破棄してもらえるかもしれないという、僅かな可能性を考慮してのことだ。

しかし、その関心のなさが逆に負けず嫌いなアルバートの心に火をつけてしまう。

「これはお前のために特別に作らせたネックレスだ。気に入ったか？　僕のセンスに間違いはないんだ。当然、気に入っただろう?」

そう言って、アプローチを始めたのはアーシェリアスが十四歳、アルバートが十七歳になった時だ。

以降、ちょくちょくとデートに誘われたりもしていたが、どうにかこうにかアルバートの怒りを買わない程度に乗ったり乗らなかったりとうまく調整しつつ、好感度を上げすぎないように気をつけ続けた。

そして時は流れ、アーシェリアスが十六歳になった頃。

「はじめまして、アーシェリアス。私はミア。隣国から引っ越してきたの。よかったら仲良くしてくれる？」

ついにファレ乙の主人公ミアがマレーアにやってきた。

ミア・ファニング。隣国からやってきた子爵の娘で、歳はアーシェリアスと同じ。柔らかそうなピンクベージュの髪と、優しげなブラウンカラーの瞳。声は心地のいいソプラノで、ミアはアーシェリアスの通うグロリア学園でもすぐに人気者になった。

それはもう、ゲームのシナリオ通りに。

しかし、このシナリオがアーシェリアスの邪魔をする。

アーシェリアスは、ミアが万が一、アルバートルートに入った場合に最悪の結末を避けるための道を作ろうと、ミアと親友になろう作戦を密かに決行していた。

だがしかし。

「ミア、よかったら一緒に昼食をとらない？」

「あ……ごめんなさい。私、アルバート様とお約束してて……」

「えっ⁉　アルバート様と？」

（え、そんなイベントあった？　やっぱい。もしかして、ミアに対するアルバートの好感度が上がっちゃうんじゃ……）

「ご、ごめんね。許嫁のあなたがいるのに。でも、そういうのじゃなくて、アルバート様のことはいい先輩としか思ってないから。だから怒らないで……」

なぜか、ミアと話すとアーシェリアスが悪者になる展開が多かった。

「だ、大丈夫よ。怒ってなんて……」

「おい、アーシェ。ミアになにを言った。怯《おび》えさせるな」

「アルバート様！　違うんです！　私がいけないんです！」

「ひどいことをされてもアーシェをかばうのか。ミア、お前は優しすぎる」

（いや、普通に昼食に誘って、アルバートと約束があることに驚いただけですけど⁉）

どうやってもアーシェリアスの立場が悪くなるのはシナリオによる補正がかかっているのか。

アルバートの興味が自分から逸れたことはいいのだが、ミアと仲良くなれないのはいただけない。

せめて、グロリア学園の隣にアルバートが在籍する騎士学校がなければもう少し邪魔が少ないのだが……と、アーシェリアスは悩みながらも、とにかく日々ミアに優しく接することを心がけていた。

そして、ミアが転校してきてそろそろ一年が経とうとしていた春の初めのこと。

（シナリオ補正だとしても、負けてられない！　負けられない理由が私にはある！）

気を奮い立たせるアーシェリアスの横で、友人たちが口にしているのはミアの誕生日の話題だ。

アーシェリアスは、ゲームの内容を思い返しながら顎に指を添えて考え込む。

（誕生日……確か、各攻略キャラの誕生日はパーティーが開かれて、一定の好感度を超えていれば主人公ミアに招待状が渡されるのよね）

しかし、主人公ミアの誕生日は特に予定もなく、パラメーターアップのために各レッスンに明け暮れ、夕方、自宅に帰ると『○○様から贈り物が届いたわ』で、誕生日イベントは終了となる。

（つまり、予定がない。ということは、ミアと親睦を深めるチャンスなのでは）

共に誕生日を祝い、特別な友人へとステップアップするチャンスだと、アーシェリアスはさっそくミアに予定を訊ねた。

「え？　私の誕生日？　特に予定はないの。夜、家族とお祝いするくらい」

「そうなのね！　じゃあ、放課後、少しだけ私に時間をくれる？」

「ええ、わかったわ！」

約束を取り付けたアーシェリアスは、ミアの誕生日前夜になると鼻歌交じりで厨房に立った。少しでもいい方向に向かうように願いを込めて、マフィン型のカップに生地を入れていく。

「アーシェ、なにを作っているんだい？」

「レオ兄様！　お帰りなさい！　明日はミアの誕生日でしょう？　だからプチケーキを焼くの」

ミアが好きそうな可愛らしいデコレーションのプチケーキをたくさん作って、学園のサロンで紅茶と一緒に楽しむのだ。

きっと話も弾んで仲良くなれるはずと、最後のカップに生地を入れると熱しておいたオーブンで焼き始める。

レオナルドは、ミアを喜ばせようとする健気な妹の姿に眦《まなじり》を下げた。

「なるほど。それを持ってパーティーに出席するのか。きっとミアも喜ぶだろう」

「え？　パーティー？」

「ああ、明日の夕方から、ミアのバースデーパーティーが開かれるだろう？」

「そ、そうなのね……」

なにも聞かされていないアーシェリアスは動揺を隠せず、浮かべていた笑みも苦いものへと変わっていく。

（私と約束した後に決まった……のよね？）

そうでなければミアが嘘をついたことになる。

戸惑い俯くアーシェリアスの姿に、レオナルドは眉を曇らせた。

「もしかして、招待状をもらってないのか？」

「え、ええ。ミアはいつも忙しそうだし、うっかり忘れていたのかもしれないわ」

約束した後にパーティーを開くことが決まった。しかし、アーシェリアスを誘うのを忘れていた。きっとそうだと、前向きに考えて顔を上げたのだが、レオナルドの表情が珍しく冷たさを纏《まと》っていることに気付く。

「……そうか。あれは嘘だったのか」

形のいい唇からこぼれ落ちた声に、アーシェリアスが「え？」と首を傾げると、レオナルドは迷った後、重く口を開いた。

「ミアからは、アーシェも出席する予定だと聞いていたんだ。だから、それなら俺もと招待状を受け取ったんだよ」

しかし実際アーシェリアスは招待されておらず、なにも知らずにケーキを焼いていたのだ。まるで、アーシェリアスという餌《えさ》を使って釣られたようで、レオナルドはこぶしを握る。

そんな兄の様子に、アーシェリアスも困惑した。

（ミア……どういうこと？）

またしてもシナリオ補正の力が働いているのかと黙考していると、レオナルドの大きな手がアーシェリアスの肩に優しく添えられる。

「アーシェが行かないのなら俺は欠席しよう」

「えっ、いえ、兄様はどうぞ楽しんできて」

「いいや。どんな手違いがあるにせよ、お前が招待されていないなら行くつもりはない。その時間は、俺の可愛い妹に使うことにしよう。久しぶりに、ふたりで出掛けようか」

美しい微笑みで誘われて、レオナルド最推しのアーシェリアスが断れるはずもなく。

「兄様……」

危うく好きですと言いかけたのを寸前で止め、「嬉しい」と頷いてみせた。

（ああ、今日も推しが尊い）

思わぬ展開に、この時ばかりはシナリオ補正に感謝さえしてしまうアーシェリアスだったが……。


ある日のこと。

アーシェリアスはシナリオに補正がかかっているのではないことに気付く。

「あっ、ミア。そこは濡れているから危な――」

「きゃあああ！」

グロリア学園主催、併設する騎士学校との合同パーティーが行われた雪の夜。

アーシェリアスが前を歩く花柄のキュートなフリルドレスに身を包んだミアに忠告した途端、ミアは派手に転んでしまった。

その時、たまたま近くにいたアルバートがミアの声を聞いて駆けつけたのだが……。

「大丈夫か⁉　なにがあった？」

「アーシェが……後ろから急に……」

「押したのか」

（えええええっ⁉　決めつけ⁉）

ミアは否定もせずただ瞳に涙を溜めてアルバートの腕の中でおとなしくしていた。

そして、アルバートが軽蔑の目を向けてくる中、アーシェリアスは見たのだ。

腕の中で隠れるようにニヤリと口角を上げたミアを。

（補正は、ミアの性格にかけられていたんだ！）

まさかの主人公腹黒補正にアーシェリアスは驚き、纏うオーガンジードレスの裾を揺らして一歩後ずさる。

「逃げるつもりか」と責めるアルバートのことなど正直どうでもよかった。

そんなことよりも、アーシェリアスは思い出したのだ。これはアルバートルートに入った時に起こるイベントだということを。

だが、まだチャンスはあった。ここで出る選択肢だ。

【私はもう大丈夫です】

【アルバート様が来てくれて嬉しい】

アルバートルートを攻略するための正解は二番目の方だが、この回答に失敗するとアルバートルートから外れて、学園一のお調子者と呼ばれる男子生徒でアルバートに憧れる騎士見習いのジェイミー・クラークのルートに入る。

ぜひ選択に失敗し、ジェイミールートへいってほしい。

そうでないと、このままでは家の名に、最推しである兄の未来に迷惑がかかる。

どうかアルバートルートだけはやめてと願うアーシェリアスの耳に届くミアの声。

「アルバート様が来てくれて嬉しい」

無情な現実に、アーシェリアスは思わず白目を剥いて、心の中で『終わった……』とむせび泣いた。


「はぁぁぁぁぁぁ……」

学園が冬期休暇に入った初日から、アーシェリアスは重く深い溜め息をつく。

ミアがアルバートルートに入ったことにより、アルバートによるアーシェリアスへの風当たりが前よりもきつくなった。

『お前は僕の周りにはいないタイプでなかなかおもしろかったのだが、嫉妬し、ミアに当たるとは見損なったぞ』

嫉妬は一ミリもしておらず、ミアに対してきつく接したことは一度もない。

「どうしたらいいの……」

いい子を演じているミアと親友になることは不可能だろう。

けれどこのままでは春が来る頃には国外追放の結末が待っているのだ。

わかっていて放置はできないと頭を悩ませるアーシェリアスは、外に出て気分を変えようと屋敷の庭を歩くことにした。

ファーレンの冬はそこそこに寒く、先日のパーティーの日のように雪が積もることもある。その雪も今は溶けて地面も乾いているが、庭の花々は庭師の行き届いた世話のおかげで瑞々しさを保っていた。

（いっそこちらから許嫁の権利を手放すことはできないかな……）

そんな風に考えていると、自分しかいないと思っていた庭にひとりの青年を見つけた。

赤味がかった短い髪が風に揺れるのを目にした途端、アーシェリアスはそれが誰であるかを思い出す。

「神様⁉」

「んー？」

振り向いた青年は、不思議そうに首を捻《ひね》った。

「えっと……誰？」

「私！　あなたを助けて川に落ちて死んだ女です！」

自分で説明しながら、これは事情を知らない人が聞いたら頭がおかしいと思われるやつだなと思い苦笑する。

神様は思い出したのか、「ああ、この世界へ転生を望んだ人の子かぁ」と笑みを見せた。

「あの、うちの庭でなにを？」

「異世界探訪してるんだよー」

「またですか……今度は誰かを巻き込まずに帰ってくださいね」

「はいはーい」

相変わらずののんきさに懐かしさを覚え、しかし大事なことに気付いて「それはさておき！」とアーシェリアスは神様の前に立つ。

「私が願ったのは主人公ミアへの転生だったのに、別の子に転生してるんですけど」

「えー？　我、間違えた？」

「がっつりと」

「ごめーん」

悪びれた様子もなく謝る神様にアーシェリアスは肩を落とした。

すると神様が「じゃあお詫びだ」と言うや否や、指をパチンと鳴らす。

その瞬間、なにもない空中にボワンと煙が湧き出て、中から丸っこい小型犬ほどの大きさをした生き物が飛び出した。

「わっ⁉　なにこの子！」

「そなたへのお詫びだよー」

　説明しながら手渡された白い毛の生き物は、小さくて黒目がちな瞳でアーシェリアスを見つめている。

「モフモフだ……」

　垂れた耳は愛らしく、背中には大きくはないが羽が生えているので飛べるのだろう。

「それは、好物のビスケットを与えるとお返しをしてくれる妖精なんだ」

「妖精……」

「仲良くしてやって～。では、エンジョーイ」

　いきなり英語を使った神様は、腕の中の妖精にまだ戸惑い気味のアーシェリアスにウインクを寄こすと、あっという間に消えてしまった。

「エンジョイできるような状況にないんだって」

　思わず愚痴をこぼすと、妖精が「モフ？」と鳴く。

「え、あなたモフって鳴くの。いや、喋《しゃべ》ってる？」

「モフー」

短い手足をバタバタさせてなにかを訴える妖精。

よくわからないけれど神様が教えてくれたのでとりあえず好物を与えてみようと、アーシェリアスは屋敷の中へと戻り厨房を目指す。

その途中、廊下で掃除をしていたライラを見つけ足を止めた。

「ライラ。ちょうどいいところに」

「お嬢様、どうしまし……た」

ハタキを手にしたライラは、アーシェリアスの腕の中でおとなしくしている生き物に仰天する。

「この子にビスケットをあげたいんだけど」

「な、なんですかその生き物！　魔物を拾ってきたんですかっ？」

「ち、違うの。この子は魔物じゃなくて、妖精なんだって」

「妖精、ですか？　可愛らしいですけど……なんだかイメージと違いますね……」

小さな人に羽が生えたのが妖精という印象が強いせいか、丸っこい動物のいでたちをした生物に違和感を覚えるライラ。

「あっ、それでビスケットですよね？」

「そう。厨房にあるかな？」

「ありますよ。お部屋にお届けしましょうか？」

「ありがとう！　お願いするわ」

妖精のお返しがどんなものわからないので、とりあえず部屋で食べさせる方がよさそうだと、アーシェリアスは自室へと戻った。

そして、テーブルにつくとライラが持ってきてくれたビスケットをお皿からひとつ取り、妖精に手渡す。

「はい、どう……」

どうぞと言い切る前に、妖精はアーシェリアスの手からビスケットを奪い、ひと口で頬張り咀嚼《そしゃく》する。

そうしてあっという間に飲み込むと、短く小さい手を差し出して次をねだった。

「ほ、本当に好きなのね……」

アーシェリアスがまた一枚渡すと、先ほどと同じようにしてビスケットを食べる。

それを数回繰り返し、お皿が空になると妖精はビスケットのかすを口の周りにつけたまま、アーシェリアスの膝の上で寝息を立て始めた。

「えっ、お礼は」

またしても話が違うじゃないかと思いつつも、まあなんか可愛いしいいかと受け入れた。

結局、妖精は夜になっても気持ちよさそうに眠ったまま。

声をかけても揺すっても起きないので、帰宅した父に眠る妖精を見せ、世話を許してほしいと懇願。どうにか許可を得たアーシェリアスは、お返しを楽しみに妖精と共にベッドで眠った。

翌日——。

「……え？」

起き抜けのアーシェリアスは、妖精がどうぞと差し出すそれを見て眉をひそめた。

ビンに入った黒い液体。透明なビンを包むラベルに書いてある文字は、日本ではよく目にしたがこの世界では見ないもの。

「なんで醤油《しょうゆ》」

「モフ！」

「え、これがお礼？」

「モフ！」

どうやらこれが今回のお礼のようで、とりあえずアーシェリアスは醤油を受け取る。

「毎回お礼は違うのかな？」

なぜあえての醤油なのか。

いや、実際日本では定番の調味料はファレ乙の世界では手に入りにくいもので、料理好きのアーシェリアスとしては以前から常備したいと願っていた。

だからとても嬉しいのだが、やはり醤油が出てきたことに戸惑いは隠せない。

もしかしたら心のどこかで欲しいと願っているものをお礼にくれるのかもしれないと予想したアーシェリアスは、今度は心の中でこちらでは売られていないスニーカーが欲しいと願いながら妖精にビスケットをあげた。

そして、一夜明けてアーシェリアスが妖精から手渡されたのは。

「みりん⁉　スニーカーは？」

「モフ？」

なんの話だと言わんばかりに丸すぎてあるのかわからない首を傾げた妖精。

それからアーシェリアスは学園が冬季休暇の間、毎日スニーカーのことを願いながらビスケットを与え続けた……のだが。

「今度は蕎麦《そば》！」

何度か試すも、お返しは調味料や食材ばかりだった。

ただ、やはりもらえば作りたくなり、アーシェリアスは調味料や食材を使って懐かしの料理を父や兄、屋敷の者たちに振る舞った。

食べた者たちは皆感動し、口々にアーシェリアスの料理を褒めてくれた。

それだけで、アーシェリアスの心は満たされ、これから訪れる国外追放のことなど忘れ……るわけがない。

お腹は満たされても不安は一向に解消されず、むしろ最終学期が始まってからミアとアルバートの仲は順調に深まっていた。

「いっそ逃げてしまおうか、シーゾー」

学園から帰宅したアーシェリアスは、調味料＝シーズニングをもとに名付けた妖精の名を呼んで抱きしめる。

「モフー？」

前世では騙されたり橋から落ちて死んだりと散々だった。だからこそ、今生では絶対に幸せになりたいという強い思いがある。

それに、アーシェリアスにはひとつ、幸せになるために手に入れたいと思っているものがあるのだ。

それは、料理好きな母から聞いた、〝食べた人を幸せにしてくれる幻の料理〟というもの。

それを追い求め、シーゾーと一緒に旅に出る。

「……いいかもしれない」

いつも美味しいと言ってアーシェリアスの手料理を残さず食べてくれる父は、これまでも間違ってさえいなければ、アーシェリアスの意見に耳を傾け尊重してくれた。

婚約破棄に関しては、やはりアルバートには相応しい人が現れたことを告げ、その後、小さな頃からの夢を叶えるために旅に出たいと相談しよう。

渋るだろうけどきっと賛成してくれる。

そう思い、アーシェリアスは父が帰宅して落ち着いた頃を見計らい、相談を持ちかけた。

しかし、父の首は横にしか振られなかった。

「その相応しい相手がどちらの令嬢にしろ、今のところサイフリッド家から破談の申し入れはない。憶測で動き、両家の関係を悪化させるわけにはいかないんだ」

確かに、〝アルバートにはミアがいるから〟と身を引く形をとっても、婚約者を疑い侮辱したとして不敬罪を言い渡される展開はあり得る。

下手に動けば、家名に傷をつけ、国外追放エンドへとひとっ飛びだ。

八方塞がりの状態に落ち込むアーシェリアスの頭を、オスカーは優しく撫でる。

「まぁ、夢を叶えたいという気持ちはよくわかる。しかし、仮に婚約を破棄できたとしても、ひとり旅など危険だ」

「シーゾーもいるわ」

「シーゾーではいざという時にお前を助けられないだろう」

日本とは違い、魔物や盗賊が当たり前のように現れるこの異世界では確かに危険が多い。

父の意見はどれももっともで返す言葉もなく、アーシェリアスは仕方なく引き下がるしかなかった。

（前世は移動が楽ちんだったなぁ）

学園からの帰り道。

昨夜の話し合いを思い返し、馬車に揺られながら自転車や電車などの乗り物を思い出すアーシェリアスは、外から賑《にぎ》やかな声が聞こえて小窓を覗いた。

どうやら市場で催し物が開かれているらしい。市場の入り口に立てられた看板には『特産品フェスティバル』の文字が。

それを見た途端、アーシェリアスは馬車を操縦する御者《ぎょしゃ》に降ろしてくれと頼んだ。

（珍しい食材があるかも！）

シーゾーのおかげで作れるレパートリーが増えたため、アーシェリアスは心を躍らせながら市場のお店を見て回る。

並ぶ商品の中にはファーレンではなかなか見ない食材が売っていて、アーシェリアスの手にはみるみる荷物が増えていった。

持ちきれなくなり、付き人が一度馬車に戻った時だ。

いつだったか、アルバートから隠れるために逃げ込んだ細い路地が目に入る。

いつもなら特に気にはならないのだが、アーシェリアスはなぜか懐かしい気持ちを強く感じて、その薄暗い路地へと進んだ。

そして、あの日と同じように背の高い植物があるのを見つけ、もう顔も忘れてしまったおやきを頬張る少年の姿をぼんやりと思い出す。

その時だった。

「う……」

呻《うめ》き声が聞こえて、アーシェリアスは警戒し体をこわばらせる。

誰かいるのだろうかと、湧き上がる恐怖心を押し込めて、そろりそろりと植物の向こうを覗き込んだ。

「……え？」

思わず声がこぼれてしまったのは、そこに倒れている青年の姿があの日の少年と重なって見えたからだった。

金の髪は美しく、しかし気を失っているのか瞼は閉じられていて澄み渡る海のようなエメラルドグリーンの瞳は確認できない。

それでも整った顔立ちは、忘れていた少年の面影を蘇らせた。

「ザック？」

そばに膝をついて声をかけると、青年の眉が苦悶にしかめられる。そして、僅かに瞼が開き、見覚えのあるエメラルドグリーンの瞳がアーシェリアスをぼんやりと捉えた。

「ア……シェ……？」

名を呼ばれ、やはりザックだったとアーシェリアスは確信する。

「ザック、大丈夫？　なにがあったの？」

パッと見たところ特に怪我をしている様子はないけれど誰かに襲われたのだろうか。

しかし、ザックは答える前に力なく瞳を閉じて動かなくなった。

こうなった理由はわからないが、とりあえずこのまま放置することはできない。

アーシェリアスは急ぎ付き人を呼んでザックを馬車に乗せると、屋敷へと連れて帰ったのだった。

優しいおじやと令嬢の誘惑

冷たい空に月が昇り、屋敷で働く者たちも仕事を終えて、家族も寝静まった頃。

「……ザック、大丈夫かな」

寝巻き姿のアーシェリアスは、ベッドの上でクッションを抱きしめながらそわそわしていた。

ザックを連れ屋敷に戻ってすぐに容態をかかりつけ医に診てもらった際、過労が原因だろうからゆっくり休めば回復すると言われてはいる。けれど、何度か様子を見に行っても目覚める気配がないので、アーシェリアスは心配で眠れないのだ。

シーゾーは兄がプレゼントしてくれた専用のミニベッドですやすやと眠っている。

(よし、寝る前にもう一度だけ訪ねてみよう)

決めると、アーシェリアスは手にランプを持った。

父や兄に見つかったら叱られるので、そっとドアを開け、ひんやりとした廊下に誰もいないのを確認してから客室を目指す。

ロウソクの灯りが照らす静まり返った廊下を歩くと、やがてザックが眠る部屋の前にたどり着いた。

遠慮がちにノックをするも返事はなく、それはザックがまだ目覚めていないことを示している。

アーシェリアスは小声で「失礼しまーす」と断りを入れてからドアノブを回し、月明かりが差し込む部屋へと足を踏み入れた。

ベッドで眠るザックの寝顔はここに連れてきた時よりも穏やかで、アーシェリアスは安堵の息を吐く。

（よかった……）

医者が言っていたのは本当だったと胸を撫で下ろし、踵《きびす》を返そうとしたがふとあることに気付いて足を止めた。

もしも夜中、ザックが目覚めたら、ここがどこかわからず戸惑うのではないか。

仰向けでゆっくりと呼吸を繰り返すザックをしばし見つめてから、アーシェリアスはひとり掛け用の椅子を引っ張ってきて、ベッドサイドに置くと腰を下ろした。

（起きるまでそばにいれば、とりあえず私を見てアーシェの家かもって思うわよね）

名案だと、口元に薄く笑みを浮かべザックの寝顔を見つめるアーシェリアス。

暖炉の火が爆《は》ぜ、壁に伸びるアーシェリアスの影が僅かに揺らめく。

(そういえば、私が風邪で寝込むと必ずお母様が付き添ってくれていたっけ)

アーシェのそばにいつでもいる、だから安心して眠りなさいと手を握り、優しい声で子守歌を歌ってくれた愛情溢れる母。

いつだったか、熱が出て怖い夢を見て眠れないと言った時も母は手を握ってくれていた。そして語り聞かせてくれたのだ。食べた人を幸せにしてくれる、幻の料理があるのだと。

それはどんな料理なのかと訊ねたアーシェリアスに、母は自分にもわからないと答えた。

『それならいつか私が探してお母様に作ってあげる』

『嬉しいわ。楽しみにしてる』

(そう……約束、したのに)

叶える前に天国へと旅立ってしまったと、アーシェリアスは寂しさを募らせる。

(旅に出ることができれば、探しに行けるのに)

母に食べさせることはできないけれど、せめて食べた人を幸せにしてくれる幻の料理がどんなものなのかを知り、作ってみたい。

（そして、残さず食べて、私は幸せになる……！）

アーシェリアスの中で夢が膨らみ育っていく。

（やっぱりもう一度お父様に相談しよう）

いや、一度と言わず何度も。

ファレ乙アーシェリアス的バッドエンドまであまり時間はないけれど、諦めずに話し合うのだ。

決意したアーシェリアスは双子窓の外に浮かぶ夜空を見つめ、どうか叶いますようにと淡く輝く月の女神に祈るのだった。


――窓から差し込む朝陽が、ザックの意識を眠りの世界から呼び起こす。

睫毛《まつげ》を震わせ、眩しさに眉を寄せてから、ゆっくりと瞼が持ち上がった。

霞む視界に映るのは見慣れぬ部屋。柔らかなアイボリーを基調とした花柄の壁にはいくつかの絵画が飾られているがそれらに見覚えはなく、ヒントを探すように頭を右に向けたザックは目を見張る。

自分が横になっているベッドにもたれて女性が眠っているからだ。

一気に目が冴えたザックは、なにがあったのかと記憶を手繰り寄せ、思い当たる。

あの路地で完全に意識を失う前に、成長したアーシェリアスらしき人物と会ったことを。

そっと寝顔を窺い、その顔が自分を心配そうに覗き込んでいた人物と重なる。

艶やかな黒髪と、長い睫毛。

七年前、偶然出会った少女と酷似した姿に、ザックは自然と声をこぼした。

「……アーシェ、か？」

その声は眠るアーシェリアスの鼓膜を優しく刺激し、意識を覚醒させる。

「んー……なぁに……シーゾー……」

「シーゾー？」

疑問の声が返り、違和感を覚えたアーシェリアスは自分がいつの間にか寝てしまったことに気付いて顔を上げた。

すると、目の前に自分を見つめるザックがいて、その近さに驚きつつもよだれが出ていないかチェックする。

「お、起きたのね。おはようザック。体調は？」

「少しだるいが特に問題はない。それより、夢じゃなかったのか。アーシェに会えたのは」

「それは出会いの話？　それとも、昨日の再会の話？」

「どちらも、かもしれない」

最初の出会いは思い出としては遠くなりつつあった。しかもたった数分、共に過ごしただけ。

今となってはあれは夢だったと片付けることもできるという意味で、冗談めかして言ったザックにアーシェリアスは小さく笑う。

「どっちも現実よ」

答えた時、ザックのお腹が鳴ってアーシェリアはさらに肩を揺らして笑った。

「ザックのお腹の音も久しぶりね」

そう言って立ち上がると、朝食を作ってくるから少し待っていてと伝え、アーシェリアスは厨房へと向かった。

朝もまだ早い時間だが、厨房ではすでにお抱えのコックが仕込みを始めていて、アーシェリアスに笑顔を見せる。

「おはようございます、お嬢様」

「おはよう、クロード。コンロをひとつ借りてもいい？」

「ええ、どうぞ」

クロードはアーシェリアスが幼い頃から屋敷に勤めている男性だ。

物腰は柔らかく口調はのんびりとしているが、調理の手際は非常によく、アーシェリアスは彼の動きをお手本にしている。

「なにをお作りになるのですか？」

「ザックが目覚めたから、胃に優しいものをと思って」

「お手伝いしましょうか」

「ありがとう。でも、仕事の邪魔をしたら悪いし大丈夫」

なにかあれば遠慮なく声をかけてくださいと言うクロードにもう一度感謝を伝えてから、アーシェリアスは小さな鍋を棚から取り出した。

続いて食糧庫からお米と卵、シーゾーからもらった万能ネギと鶏ガラスープの素を用意する。

（まずはお米を研《と》がないとね）

アーシェリアスが作るのは消化のいい〝卵のおじや〟。

ひとり分のお米をざるにあけ、付着しているぬかを落として水に浸す。次に鍋でお湯を沸かしながら、ネギを慣れた手つきで刻んだ。

今でこそ、厨房に立っても驚かれることは少なくなったが、前世の記憶が戻ってから自分で調理したいとナイフを握った時、クロードはアーシェリアスを天才だと褒めちぎった。いつの間にそんなに上達したのかと感心され、そこで初めて年齢と経験にそぐわないことだったと自覚したのだ。

以来、子供らしくあらねばと気をつけてはいたアーシェリアスだったが、それでもふとした時に莉亜だった頃の経験が出てしまい、大人を驚かすことはあった。

そんなアーシェリアスも、少し前に誕生日を迎えて十七歳となり、現在ではアーシェリアスの料理の腕前よりもシーゾーが持ってくるものに屋敷の者たちは驚くばかりだ。

(妖精だからって理由でみんなが納得しているのはありがたいよね)

密かに口元に笑みを浮かべ、アーシェリアスは鶏ガラスープを溶かした鍋の中にお米を入れて軽くかき混ぜてから蓋《ふた》をした。

そうして、鶏ガラの濃厚な香りが厨房に漂う中、たまにかき混ぜつつ弱火でコトコト煮て、お米に芯が残っていないことを確認すると、溶き卵を円を描くように少しずつ回し入れてから火を止め、また蓋をのせる。

余熱で卵が固まるのを待つ間、トレーと器、スプーンを用意し、「そろそろいいかな」と蓋を持ち上げると、湯気がふわりと立ち上った。

器に盛り付け、刻んでおいたネギを中央にパラパラとのせたら完成だ。

「いい匂いですね。以前お嬢様が振る舞ってくださった〝らあめん〟の香りに似ています」

「さすがクロード。実は同じスープの素を使っているの」

ラーメンを作ったのはちょうど一年ほど前だ。

その頃はまだシーゾーはいなかったが、冬の寒さを感じたらどうしてもラーメンが食べたくなったアーシェリアスは、前世で母とお手製中華麺を作った記憶を引っ張り出し、小麦粉や重曹などを使って中華麺を作った。

鶏ガラスープの作り方もなんとなく覚えていたのでクロードに手伝ってもらいながらラーメンを完成させ、父や兄、屋敷で働く者たちの舌を喜ばせたのだ。

(ラーメン美味しかったんだよね……！　ううっ、また食べたくなってきた)

近々作ろうと心に決め、トレーを手にするとザックのもとへと急ぎ戻る。

「ザック、お待たせ」

少しと言いながら三十分は離れていたので、待ちくたびれているだろうと申し訳なく思いながら部屋に入ると、ザックは仮眠をとっていたのか閉じていた瞼を開けて起き上がった。

そして、アーシェリアスが持つトレーを期待に満ちた瞳で見つめる。

「おやきか？」

「え？」

「前にくれたパンみたいなやつ」

出会った時のことだと理解したアーシェリアスは、目を瞬かせた。

「違うけど覚えていてくれたの？」

「うまかったからな。また食べたくていろんな店を回ったけど、売ってなかったし、おやきを知ってる者もいなかった」

それはそうだろうと心の中で突っ込んで苦笑するアーシェリアス。

「そんなに気に入ってくれたなんて嬉しいわ」

誰かのためにと頑張って作った料理が、食べた人の心に強く残れたことが。

(旅をしながら、屋台みたいに料理を提供するというのも楽しそう)

ザックのおかげでますます旅に出たいという気持ちが強くなっていく。

「残念ながらおやきではないんだけど、よかったら食べてくれる？」

「これは？」

「卵のおじや。お米は食べたことある？」

「米？　何度か」

ファレ乙の世界では、お米はメジャーな主食ではない。価格も特に高くはなく、比較的入手はしやすいのだが、アメリカやイギリスの食文化に似ていて、パンやじゃがいもが主食とされているのだ。

「これはお米を使った料理なの。スープは鶏からとったものよ」

さあどうぞと、ベッドサイドテーブルにトレーを置くと、美味しそうな香りがザックの鼻をくすぐった。

「いただきます」

少年の頃とは違い、はっきりと礼儀正しく挨拶をしてからスプーンを手にしたザック。まだ少し湯気が立つおじやをスプーンでひとさじすくい、一度だけフゥッと息を吹きかけて冷ましてから口に運んだ。とろとろの卵とスープが染み込んでふっくらとしたお米を噛むと、口内に優しい味が広がる。

「……うまい。米をこんな風に食べるなんて初めてだ」

ザックがこれまで食べた米料理は、炊いたままのものや野菜と一緒に炒めたものだった。こんな食べ方もあるのかと感動しながら卵のおじやを味わう。

そして、完食する頃には体がほっこりと温まり、満足気にホッと息を吐き出してからスプーンをトレーに置いた。

「ごちそうさま。これもおやきと同じくらいうまかった。アーシェはシェフなのか？」

「残念ながらただの学生。ザックは？」

「俺？」

首を僅かに傾げたザックに、アーシェリアスはベッドの傍らに立てかけてある剣を指差す。それは、倒れていたザックが持っていたものだ。

「あなたの剣でしょ？　騎士なの？」

「いや、俺は……ただ、旅をしているんだ」

「旅！　いいなぁ」

羨ましがるアーシェリアスに、水をひと口飲んだザックが「旅がしたいのか？」と訊ねた。

「とっても！　幻の料理と呼ばれるものを探したくて。でも、お父様が許してくれないの」

力なく微笑むアーシェリアスを、ザックは真面目な表情で見つめる。

「俺は、アーシェの言葉があったから今旅をしているんだ」

「わ、私？」

まさか自分の名がここで出てくるとは思わず、アーシェリアスは驚き目を丸くした。

「人は自由であるべきだと、あの日アーシェが教えてくれた。だから、自由になれたら必ず会いに行くと決めていたんだ」

「誰に？」

「アーシェに」

きっぱりと言い切ったザックの言葉はその眼差しのようにまっすぐで、アーシェリアスの鼓動が高鳴る。

「私に会いに来てくれたの？」

「ああ。それと、おやきにもな」

いやむしろおやきが本命なんじゃないかと一瞬思ったアーシェリアスだったが、それでもたった一度の出会いを大切にしてくれていたのは素直に嬉しかった。

「ありがとう、ザック」

「いや、礼を言うのは俺の方だ。見つけてくれただけでなく、迷惑をかけた」

ありがとうと礼を述べたザックの話によると、倒れていた理由は手持ちの路銀の多くを、親を亡くし路頭に迷っていたという子に渡してしまい、飲まず食わずが続いたため激しく疲労したからだという。

自分のことより他人を思いやれるザックの優しさに、アーシェリアスは柔らかく目を細めた。

せめてふたりで旅をしていれば、倒れることは免れたのかもと考えたところで閃《ひらめ》く。

「そうだ！　ザック！　旅に私も連れていってくれない？」

「アーシェを？　だが、父上が許してくれないんだろ？」

「そうなのだけど、お父様が許してくれない理由のひとつが、ひとり旅は危険だからというものなの。ザックがいてくれるならその問題はクリアできるでしょう？」

婚約破棄に関してはまた話し合い説得するしかないけれど、まずは憂《うれ》いのひとつを払拭してしまおう。

剣を持つザックと一緒なら心強く思ってくれるはずだと考えるアーシェリアスは、迷って返事をしないザックにとどめをさす。

「それに、ホロ馬車で料理ができるようにするから、連れていってくれるならお礼にいつでもおやきを作るわ」

「いいだろう。どんな危険からも全力で守ってやる」

キリッとした顔で即答したザックに、アーシェリアスは手を叩いて喜ぶ。

「ありがとうザック！」

ありがとうおやき！と心の中で続けたアーシェリアス。

早いところ国外追放エンド回避のために動きたいが、まずはザックの回復が優先。

父への交渉はそれからにしようと、再びザックを休ませて、軽い足取りで自室へと戻ったのだった。


それから三日ほどが経ち、ザックは順調に回復していった。

アーシェリアスが学園に行っている間は、旅の再開に向けて体力を取り戻すために屋敷の庭で剣の稽古をするようになっていた。

夕刻、屋敷の前に馬車が止まり、客車から制服姿のアーシェリアスが降りてくると、シーゾーを抱っこしたライラが出迎える。

「お帰りなさいませ、お嬢様！」

「モフー！」

「ただいまライラ、シーゾー。ザックは？」

飛んできたシーゾーを抱きしめたアーシェリアスが問いかけると、ライラは荷物を預かりながら「お庭でレオナルド様と手合わせ中です」と答えた。

「兄様と⁉」

推しのレオナルドがザックと手合わせ。なんというおいしいイベントだと、急いで庭へと回ると、鋼がぶつかり合う高い音が聞こえてきた。

アーシェリアスの瞳に映るのは、ザックの剣撃を受け止める兄の姿。

少し汗ばむ兄の色気に、なぜ自分が妹であるのだと久しぶりに悔しくなる。

(貴重な兄様の手合わせ姿……これをおかずに白飯三杯はいける勢いでかっこいい……)

ほぅ……と甘いため息をついてから、なんとなしにレオナルドの剣を軽やかにかわすザックを見る。

夕日の橙色を受けた金の髪は色濃く輝き、翡翠《ひすい》を思わせる瞳は凛々《りり》しくも余裕に満ちていて、今まで特段意識していなかったが、よく見るとレオナルドに勝るとも劣らない顔立ちであることに気付いた。

レオナルドと並んでも引けを取らない美貌を持つ男性はファレ乙のキャラの中ではアルバートくらいだ。

(私が見ていたのはファレ乙の世界のほんの一部だったのね)

旅に出たらもっとたくさんの知らなかった景色が見られることだろう。

（ザックの体調もよさそうだし、そろそろお父様にもう一度交渉してみようかな）

期待と不安を胸にそう考えていたら、いつからそこにいたのか、

「彼は何者なのだ」

父オスカーがアーシェリアスの少し後ろでふたりの手合わせを眺めていた。

「お父様！　お帰りなさい」

「ただいまアーシェ」

微笑んだ父はアーシェリアスの隣に並び、また視線をザックと息子に戻す。

「何者かって、ザックのこと？」

「ああ、お前の友人なのだろう？　あの剣の腕、相当なものだ。学園の生徒なのか？」

問われて、そういえばザックの素性をよく知らないなと思った。

普通に考えたら二度しか会ったことのない人を家に連れて帰り看病するのはおかしいのだろう。けれど、ザックのことを不思議と悪い人だとは思えなかったし、なにより自分のことを覚えていて会いに来てくれたのだ。

よくわからないなど最初は誰もがそうだ。なにも知らないところからスタートし、少しずつ知っていきながら友人になるのだから。

料理も一緒だ。素材のことを知り、少しずつ美味しい食べ方を知っていく。

（そう。今はザックの素性より旅！　お母様との約束を果たすためにも、私の幸せのためにも！）

父がザックの腕前に感心している今がチャンスと、アーシェリアスは本気を伝えるため、瞳に真剣さを宿らせた。

「ザックが一緒ならいいですか？」

アーシェリアスがなにを話しているのかを悟り、オスカーは深く息を吐く。

「……またその話か。そんなに家が嫌なのか」

「逆です！　大好きだからこそ、旅に出てお母様との約束を叶え、みんなにも幸せを届けたいの」

必死さを纏うアーシェリアスの声に気付いたザックとレオナルドが剣を下ろし、様子を窺う。

「また、旅に出たいという話かな」

レオナルドが困ったように眉を下げてこぼし、ザックは無言でアーシェリアスを見守った。

オスカーは厳しい眼差しをアーシェリアスに返す。

「アルバート卿のことはどうするんだ」

その名に、ザックが首を傾げた。

「アルバート卿？」

「アーシェの許嫁だよ。公爵家の者だ」

剣を腰のベルトに納めて答えたレオナルドは「まあ、そのアルバートは妹をないがしろにしてミアに入れ込んでるようだけどね」と軽蔑を込めた声で続ける。

「許嫁……か。アーシェも、縛られているのか」

ザックは、アーシェリアスには明かしていない自分の境遇に重ね合わせ、ぼそりとこぼす。自然と、自由であるべきだと語っていたアーシェの姿が脳裏に浮かんで、ザックは剣をしまうとオスカーの前に立った。

「少し、いいですか」

「ザック？」

驚くアーシェリアスに、ザックがひとつだけ頷いてみせる。

「俺から話を。アーシェは席を外していてくれ」

「え、ええ……」

ザックの堂々とした振る舞いに、なにを話すのだろうと疑問を持ちつつアーシェリアスはいつの間にか眠っているシーゾーと共に屋敷の中へと戻った。

そして、自室に戻ってから十分後。

「アーシェ、許しが出たぞ」

「えぇぇぇぇえっ!?」

報告にやってきたザックの言葉に、アーシェリアスは一瞬耳を疑った。

「一体どうやって説得したの？」

「まあ……俺の話とか、色々。とにかく、許嫁との婚約は間違いなく白紙になるし、旅も俺と一緒であればと承諾してくれた」

俺の話ってどんな話だと、そこがかなり気になったのだが、本人が濁しているので聞いてほしくないのだろうと追及をしないことにする。

今はとにかく感謝が先だと、アーシェリアスはザックに抱きついた。

「ありがとう、ザック！」

「あ、ああ。どう、いたしまして」

ぎこちなく抱きしめ返したザックの頬は少しだけ赤く色づいて、それをごまかすように「おやき、忘れるなよ」と口にした。

それから一週間後――。

ついに旅立ちの日がやってきた。

「どうぞ、娘をよろしくお願います」

屋敷のエントランスで、ザックに深々と頭を下げる父と兄の姿に、アーシェリアスは隣に立つザックを見る。

（いや本当になにを話したの⁉）

どうやら兄レオナルドも事情を把握済みらしく、繊細な刺繍が施されたケープを羽織ったアーシェリアスの肩に手を添えると「彼に迷惑をかけないようにな」と窘《たしな》めた。

謎は深まるばかりだけれど、これから共に旅をするのだ。いつか知ることもできるかもしれないと考え、今はただこうして旅に出られることを心から喜ぶことにする。

「俺は先に馬車に乗ってる」

白いホロがついた馬車には、自分たちの荷物の他に、料理好きの母が世界各国から集めた優れものの調理道具が積まれている。

形見ともいえるそれらを持ち出すことを、父は許してくれた。亡き母がきっと、アーシェリアスを導いてくれるだろうと言って。

「わかったわ」

腰に愛用の剣を下げたザックが一足先に馬車へと向かうと、アーシェリアスはエントランスに集まった屋敷の者たちにしばしの別れを告げる。

「必ず帰ってくるわ。どうかみんな息災で」

「お嬢様、どうかお気をつけて！」

涙を浮かべるライラにアーシェリアスの瞳も潤んでしまい、せめてこぼすまいと笑みを浮かべた。

「いってきます！」

父と兄が微笑み頷く。

アーシェリアスはふよふよと宙に浮かぶシーゾーと共に屋敷を出ると、旅立ちを祝福するような青空を見上げた。

（祝！　破滅エンド回避！　祝！　推しの幸せな未来！）

心の内で盛大に叫んだアーシェリアスは、晴れやかな気持ちで息を吸い込み、ザックの待つ馬車へと心を躍らせながら駆け寄った。

第二幕

ブリーランの絶品ビーフシチュー

大きな街道には旅人や商人が宿泊するための宿屋や酒場、教会などの家屋が建ち並ぶ宿場町がある。

港町マレーアを出たアーシェリアスは、ザックと共に馬車に揺られ、宿場町の宿屋で世話になりながら街道を南東に進むこと三日。

「見えたぞ。あれがシュタイルだ」

ザックが指差す先にある町を遠目に見て、アーシェリアスは瞳を輝かせた。

「アーシェはシュタイルに行くのは初めてか？」

シュタイルは崖の町と呼ばれ、ファーレン王国の最南端にある。マレーアとの関係も良好な町で、アーシェリアスはこくりと頷いた。

「初めてよ。マレーアの外だと王都にしか行ったことはないの。だから楽しみで」

夕焼けに染まる景色の中、少しずつ近くなるシュタイルの町に、心を弾ませながら膝に乗るシーゾーをギュッと抱きしめる。

「そういえば、ザックはいつから旅をしてるの？」

「まだそんなに経ってない。だが、旅とは別で、ファーレン国内の主要な町はほとんど行ったことはある」

「ほとんど⁉ すごい！」

「ただ、どこに行ってもおやきはなかったな」

色々な町を訪れるたびにおやきを探すザックの姿を想像し、アーシェリアスは小さく笑った。

「シュタイルで食料調達したら、また作ってあげるから」

「昨日のあずきバージョンがまた食べたい」

「あずきかぁ。シュタイルに売ってればだね」

昨日ザックが食べたあずきのおやきは、シーゾーがくれたあずき缶を使い、ホロ馬車に積んである母の調理道具で作ったものだった。

ファーレンではスープやサラダなどの料理であずきを使うこともあり比較的入手はしやすい。ただ、甘く煮ることはあまりないので、ほどよく甘いあずきのおやきを口にしたザックは『うまい』と何度も言いながら平らげた。

（冷凍庫があれば作り置きしておけるんだけどな）

大陸の北、ネレーゲン公国のような雪国ならば氷の冷凍庫で保存もできるだろうが、ファーレンは冬でも気温がマイナスになることはあまりない。

ルーヴ家の屋敷では贅沢にも氷を仕入れて食料を冷やしていたけれど、通常は雪解けの季節である今の時期くらいから、肉などは燻製《くんせい》や塩漬けにして保存するのが主流だ。

（食料調達も、その気候に合った保存を考えてしないとダメだよね）

アーシェリアスが季節と食料のバランスを思案しているうちに、ザックが手綱を握るホロ馬車は『シュタイル』と書かれた案内板近くの厩舎《きゅうしゃ》に止められた。

「降りるぞ」

「え？　まだ町は見えないけど……」

「町へはここから階段を上って入る。馬車では行けないんだ」

崖の町と呼ばれるからには崖に家屋が建ち並んでいることは想定していたアーシェリアス。けれど、馬車で入っていけないのはまったくの予想外だった。

宿泊する予定もあるため、必要なものが入った革のショルダーバッグを肩にかけて、ザックに続き馬車を降りる。

厩舎の管理者にお金を払うと、さっそく現れた階段を上がり始めた……のだが。

「ぜぇ、はぁ……ザックは……なんで……ぜぇ……そんな余裕……なの」

　五十段ほど過ぎた辺りで息が切れてきたアーシェリアスは、疲れた様子もなくサクサクと足を進めていくザックに問いかけた。

「俺は男だし、鍛え方も違うからな。疲れたなら引っ張ってやろうか」

　そう言ってアーシェリアスに手を伸ばすザックの横を、シーゾーがパタパタと小さな羽を羽ばたかせて追い抜いていく。

（よく考えたら、あの羽のサイズで飛び続けるには相当の努力が必要なはず……）

　体に比べると羽は小さめだ。ザックと同じく、シーゾーもまた努力しているのだと思えば甘えてはいられないとアーシェリアスは首を横に振った。

「ありがとう。でも大丈夫よ、ザック！　シーゾーが頑張ってるんだもの！　私も負けないわ！」

　気合いを入れ改めて終着点を目指すアーシェリアスを目で追い、ザックは人知れず笑みを漏らす。

（初めて会った時も、こんな感じだったな）

　昔と変わらない、強く前向きな姿勢を好ましく思いながら、ザックは自分を追い抜き石の階段を踏みしめていく背を見守り、自らもまた足を進めていった。

　そして、ようやく階段が終わる頃。

「もう歩けない……」

アーシェリアスはさっそく後ろ向きな弱音を吐いていた。

しかし、ザックのアーシェリアスに対する好感度は降下することなく、大きな手から水筒が渡される。

「最後まで頑張ったじゃないか」

返事もろくにできず、ひたすら肩を上下させ呼吸を繰り返して頷いたアーシェリアスは、すぐ近くにあったベンチに腰を下ろして水筒に口をつけた。

ゴクリゴクリと喉を鳴らして疲れた体を潤すと、ようやく周りの景色を見る余裕が出てくる。

シュタイルは崖の町とはよく言ったもので、アーシェリアスの目に映るのは、崖に所狭しとひしめき合う家々だ。

道には、壁を伝うようにカラフルな花が咲き誇り、疲れを癒してくれる。

「ここからは、もう階段はなしなの?」

「宿屋街に行くには階段を上るはずだが、市場や飯屋はこの先に伸びる中心部に並んでる」

「そうなのね」

食料調達は町を出る前で問題ないけれど、宿屋は万が一満室になってしまうと困るため、早めに部屋をとっておかないとならない。

シュタイルにどれくらいの数の宿屋があるのかは不明だが、辺りを見る限りそこそこ人通りがある。

中には旅人らしき身なりの者もいるので、やはりまずは宿屋に向かおうということになり、アーシェリアスは疲労で力を失いかけている足を必死に動かした。

短い階段をいくつか上った先、最初に訪ねた宿屋がちょうどふた部屋空いていたので、そのままチェックインする。

ひとり部屋のベッドの上に荷物を置いたアーシェリアスは、窓の外が大分暗くなってきたことに気付き、シーゾーにビスケットをあげて寝かせてから、隣にあるザックの部屋の扉をノックした。

「ザック、夕飯はどうする？」

時間はまだ少し早いが、どこか店に入るなら早めに動いた方がいい。アーシェリアス的には、その土地にしかないメニューとの出会いも期待しているので、いい店があれば探したいのだ。

木製の扉が開いて、襟の高いジャケットを脱いだザックが剣を片手に現れた。

「また店を探すのか？」

「街道の宿場町にはいいメニューがなかったけど、ここならなにかあると思うの！」

「……そう願う」

マレーアからこのシュタイルまでの間に寄った宿場町では、特にこれといった料理はなかった。だが、だからこそアーシェリアスは納得がいかずに酒場や飯屋を探し回り、その間ザックは空腹に耐えながら付き合っていた。

今日こそはアーシェリアスが納得するメニューが早めに見つかることを祈り、ザックは部屋の扉を閉めた。


――銅製のグラスを軽く打ち鳴らし、アーシェリアスは運ばれてきた料理に目を輝かせる。

ザックはその様子を眺めながら安堵してエールを喉に流し込んだ。

アーシェリアスのお眼鏡に適う店はすぐに見つかった。

というのも、美味しいと評判のお店を探しに行こうという話をザックとしていたところ、たまたま聞いていた宿屋の主人が『それなら『ブリーラン』って酒場に行くといい』と教えてくれたのだ。

そこの〝ほろほろ肉のビーフシチュー〟が最高だから一度食べてみてくれと。

ブリーランは宿屋からほど近い場所にあり、繁盛しているのか薄暗い店内はほぼ満席。賑やかな声があちらこちらから聞こえてくる中、お待ちかねのビーフシチューがやってきた。

「お待ちどうさま！　当店自慢のビーフシチューよ」

テーブルに、ビーフシチューの入った木のスープボウルがふたつ置かれる。

その瞬間、ほのかに香る赤ワインの華やかな香り。

「美味しそう！」

いただきますと、ふたり揃って口にしてからスプーンでシチューをすくう。そして、火傷しないように気をつけながら頬張ったアーシェリアスは、頬に手を添えて喜んだ。

「んー！　お肉がほろほろ！」

噛むとすぐにほろりと崩れる牛肉は、しっかりと焼いてから弱火で時間をかけて煮込まれているのがわかる。野菜も堅すぎず、かといって柔らかすぎもせず絶妙な歯ごたえで、ザックも満足げに口に運んでいた。

「これは看板メニューになるのも納得だな」

シュタイルに寄ったら必ずブリーランでビーフシチューを食べるという旅人や商人

も多いだろう。実際、他のテーブルでもビーフシチューを食べている人は大勢いた。

「これ、明日も食べたいなぁ」

シュタイルを出る前にもう一度食べておきたいとアーシェリアスがこぼした時、先ほどシチューを運んできたウエイトレスがお水を注ぎにやってきた。

「ぜひ明日も来てくれると嬉しいわ。あなたたちは旅の人？」

「はい、マレーアから来ました」

グラスを受け取りながらアーシェリアスが答えると、ウエイトレスは「へぇ。マレーアから。じゃあ、いいとこのお嬢様とお坊っちゃまなのかしら」とアーシェリアスからザックへと視線を移した。

「あなたたなんて、まるで王子様みたいに綺麗な顔。ファーレンの王子様たちもとても素敵なお顔をしてるって噂《うわさ》よ」

「もしかして、あなたが王子様？」とウエイトレスは豊満な胸を寄せるようにしてザックの顔を覗き込む。

肩ががっつりと出るデザインの服なので胸の谷間がよく見えるのだが、ザックは一度も視線を向けることなく「王子ならフラフラとこんなところにいるわけないだろ」とそっけなく言ってから、シチューとセットになっているパンをかじった。

ファーレン王国には四人の王子がいる。中でも武勇に秀でた第一王子は騎士団の団長を務めており、次期国王としての期待も高い人物だ。また、芸術肌の第二王子と、誇り高い第三王子は、第一王子のように表舞台に立つことも多い。

しかし、第二王妃の息子である第四王子はあまり公の場に出てくることはなく顔を知る者は限られていることから、世間ではミステリアス王子と呼ばれている。

「まぁ、確かにそうね。じゃあ、ごゆっくり～」

袖にされても気にした様子もなくフフッと笑って別の客のもとへと去る大人なウエイトレスを、アーシェリアスさんは目で追う。

「今のウエイトレスさん、すごく魅力的な人ね」

「どこが」

「え、美人さんだし、それにほら、あの胸とか？　羨ましいくらいに豊かよね」

アーシェリアスに言われ、ザックは歩くたびに揺れるウエイトレスの胸を見た。

次いでアーシェリアスの胸元に視線を移す。

「……まあ、人それぞれだからな」

そう言って、残りのパンを口に放り込んだ。

「ちょっと、ザック？　今のはひどくない？　デリカシーないと思う！」

「別に俺はアーシェの胸が貧相だとは言っていない」

「ひん⁉」

ザックの無神経な言葉にアーシェリアスは目をひん剥く。

（貧相なのは事実だけど！　そして悔しいことにザックの外見は完璧だから仕返しも言えない！）

香ばしくコクのあるビーフシチューを悔し気に口に運ぶアーシェリアス。

ザックの言葉は不快だが、シチューは最高だ。

美味しさでイライラとショックを中和しようと黙々と味わい始めたアーシェリアスを気にとめる様子もなく、ザックは掲示板を見に行くと言って席を立った。

町の酒場は〝なんでも屋〟とも呼ばれていて、様々な情報が集まる場所でもある。どの町の酒場にも掲示板があり、仕事の募集や魔物退治の依頼、王や領主からの布告も貼られている。

路銀についてはしばらく問題ないが、シュタイルより東には森林地帯が多く、魔物が棲《す》みついていることも多い。ゲル状のスライムや犬の頭を持つコボルトと呼ばれる人型の魔物などは弱いのでザックで簡単に対応できるそうだが、まれにひとつ目の巨人、サイクロプスというわりと強い魔物と遭遇することもあるという。そういった手強い魔物の目撃情報も掲示板に張り出されているのだ。

そのあたりのことは令嬢であるアーシェリアスは疎《うと》く、前世でもそういった知識はなかったためにザックに頼らせてもらっている。

マレーアを出てから今のところ魔物に遭遇してはいないが、それは各地に派遣されているファーレンの王立警備隊が街道の安全を守っているからだ。

（でも、目指す地によっては警備が行き届いていないところもあるのよね。幻の料理の情報次第では少し危険な場所に行く可能性があるってザックにも言われたし）

アーシェリアスの旅の目的は幻の料理を作ること。それはザックも承知していて、ここに至るまでの道のりで幻の料理に関する聞き込みもしている。

しかし、有力な情報は得られず、とりあえずファレ乙の主要人物と会って下手にフラグを拾わないようにと、王都とは反対の南方へ進んでいる次第だ。

（さっきのウエイトレスさんか、マスターに話を聞いてみようかな）

少しでも情報をと、アーシェリアスが席を立った時だ。

「おやぁ？　ヒック、なんだお嬢ちゃん。もしかして一緒に踊る相手を探してる、ヒック、のかぁ？」

アーシェリアスは木のジョッキを手にした中年の酔っ払いに絡まれた。

しゃっくり交じりに〝踊る相手〟と言われ、店内の賑わいに耳を傾ければ、人々の笑い声に交じって音楽が聞こえてくる。どうやら数名の楽団員が演奏しているらしい。奥の方では軽快なリズムに合わせてクルクルと回って踊る男女の姿が見えた。

「んでぇ～？　どうするぅ？　踊れないならおじさんが手取り足取り教えるよぉ？」

酒臭い息を吐く酔っ払いが、どうしたものかと困惑するアーシェリアスへと近づいてきたその時、ヒュンという音と同時にアーシェリアスに近寄る男の前をなにかが飛ぶ。そしてそれはドンッとテーブル横の土壁に刺さった。

何事かと壁に刺さるものをアーシェリアスが確認すると、そこには短剣が一本。

一体誰がと、飛んできた方向を確認すると、ザックが酔った男を鋭い目で見ていた。

「俺の連れになにか用か」

「ひょぉっ!?　ないないない！　ちょっと道を訊ねただけだからぁ！」

「そうか、道を。どこに行きたいんだ？　俺が案内してやろう。地獄に行くなら崖から落ちる道もあるぞ」

無表情で物騒なことを告げるザックに、男は酒で赤かった顔を青ざめさせて「ごめんなさいいいいい」と半べそをかきながら店の奥へと逃げていく。

それを見送ったザックは溜め息をついて、壁に刺さったままの短剣を引き抜いた。

「ふ、普通に声をかけてもよかったんじゃ」

「それだと余計に揉めるだろう。酔いを醒まさせてやる方が手っ取り早い」

そう言って腰に回したベルトホルダーに短剣を戻すのをなんとなく見ながら、アーシェリアスは言われてみれば確かにそうかもと苦笑する。

酔っ払いにやめてくれと言っておとなしく引き下がるようなら、最初から絡んできたりはしなかっただろうと。

「ザック、助けてくれてありがとう」

「全力で守ると誓ったからな」

当然だと言いたげに微笑むザックに、アーシェリアスは温かな気持ちでもう一度「ありがとう」とお礼を述べた。

(デリカシーはないけど、やっぱり頼りになるのよね)

父への説得の時もそうだったが、それだけでなく安心して旅をしていられるのもザックがいるからだ。

ザックの存在を心強く感じ、アーシェリアスの中で信頼度が増していく。

お礼に美味しいおやきをたくさん作ってあげようと心に誓ったところで、席についたザックが「ところで」と口を開いた。

「さっき掲示板を見ていたらマスターに声をかけられた。話によると、町の近くにある夕霧《ゆうぎり》の崖と呼ばれる森の中に幻の果実というものがなっているらしい。幻の料理に関係しているかはわからないが、行ってみるか？」

話し終えるとエールを飲み干したザックに、アーシェリアスは大きく頷いてみせる。

「もちろんよ！」

今はなんの手がかりもないが、だからこそ動いてみるべきだ。

意気込むアーシェリアスを見て、ザックは首を縦に振る。

「じゃあ、明日さっそく行ってみよう」

アーシェリアスは「そうしましょ！」と答えると、会計を済ませてザックと共にブリーランの酒場を後にした。

ドタバタバトル、のち、きんぴらライスバーガー

「お嬢さん、これはなんて料理だい？」

宿屋の店主に聞かれ、アーシェリアスはフライパンで丸く焼いたライスバンズを取り出す。

「これはライスバーガーというのを作ってるんです」

説明された店主は「バーガー？」と首を捻り、まな板の上に並べられたライスバンズを眺めた。

（そっか。この世界ではサンドイッチはあってもハンバーガーなんてないものね）

昨夜、酒場から宿へ戻ったアーシェリアスは、廊下でザックと別れた後、主人に頼み厨房を借りた。そして、炊いたご飯に片栗粉と塩を混ぜ合わせて丸い形にまとめたものに先ほど醤油を塗って、油をひいたフライパンで焼いたのだ。

具はゴボウとニンジンで作ったきんぴら。これも昨夜調理しておいた。

本当なら牛肉で焼肉バーガーにしたかったのだが、肉を購入する時間もなかったので、持ち歩いている食料バッグに入っていた野菜からチョイスしたところきんぴらに

なった。

醤油の香ばしい匂いが厨房を満たし、主人のお腹が小さく鳴る。

「よかったらひとついかがですか？　お口に合うかわからないですけど……」

「いいのかい？　じゃあ遠慮なく」

店主はウキウキしながらできたてのきんぴらライスバーガーを火傷しないよう気をつけながら口に入れた。

そして、何度か噛んだところで「おおっ！」と喜び目を見開く。

「これはうまい！　米をパンの代わりにするとは、新しくていいな。なによりこの具がまた米と合っていていい！」

噛むとほどよく歯ごたえのあるきんぴらをいたく気に入ったようで、バーガーからきんぴらだけを取り出して味をみている。

「気に入ってもらえてよかったです！」

ライスバーガーを紙に包み、バスケットに入れると「今度作り方を教えてくれ」という店主に夕方くらいに戻ったらと伝え、待っていたザックとシーゾーと宿のエントランスで合流した。

「お待たせ！」

「なにを作ったんだ？」

「んー、それはお昼になったらのお楽しみってことで」

ザックも喜んでくれるといいなと思いながら、ふたりと一匹（？）は夕霧の崖を目指して宿屋を出たところで、覚えのある人物を見つける。

柔らかなブロンドの長い髪と、弾む豊かな胸。色気のある女性の視線とアーシェリアスの視線がぶつかる。

「あら……あなたたちは……」

「ブリーランのウエイトレスさん！」

昨夜の魅力的なウエイトレスだと思い出し、アーシェリアスが「おはようございます」と挨拶をすると、彼女も「おはよう」と返したのだが、なぜかその表情は曇っている。

「あの……体調でも悪いんですか？」

「違うの。私は元気なのよ。朝食のスープもいつも通り十杯食べたわ」

「十杯⁉」

驚くアーシェリアスは、そんなに食べてなぜ細いのかと震えた。

（お胸⁉　摂取カロリーが全部お胸に向かう仕様⁉）

羨ましいとばかりに思わず自分の胸元にそっと手を当てると、隣に立つザックが「ふっ」と笑ったので、思い切りわき腹を肘で突いてやる。

「ぐぅっ！」

心なしかシーゾーが呆れた目で見ている気がする中、アーシェリアスは「じゃあなにが」と問いかけた。

するとウエイトレスは手を頬に当てて眉根を寄せる。

「実は、うちの子が帰ってこなくて」

「えっ、お姉さんお子さんがいるんですか⁉」

またもや驚かされて、アーシェリアスはこぼれ落ちそうなほど目を丸くした。

どう見てもまだ若く独身だろうという雰囲気なので、まさか子供がいるとは予想外すぎたのだ。

「ノアという可愛い子なんだけど、ちょっと変わっているから友達がいないの。だからよくひとりで遊んでいるんだけど、夕霧の崖に行ったきり昨日から帰ってこなくて」

「昨日からですか⁉」

小さな子がひとりで昨日から夕霧の崖から帰ってこない。

もし魔物にでも襲われていたらと考えて、アーシェリアスはノアの身を案じる。

「ここの自警団は？　動いているのか？」

「ええ、昨夜、仕事の後に気付いて、その時にお願いしたわ」

町の自警団が捜索に動いている。しかしこれから自分たちが向かうのも夕霧の崖だ。

アーシェリアスはウエイトレスさんの手をがっしりと両手で包む。

「私たち、これからその崖に行くので捜索に加わりますね。いいかな、ザック？」

「ああ、かまわない」

頷いたザックの隣で、シーゾーも「モフッ」と張り切った様子を見せた。

「ありがとう！　どうかよろしくね」

大きな胸を揺らしながら手を振って見送ってくれるノアの母に手を振り返し、夕霧の崖と表記されている案内板に従い、崖に沿った小道を進んでいく。

少しでこぼこしたなだらかな坂や、不揃いな石の階段を上り、眼下に広がる青い海を見ながら歩くこと一時間。

足に疲労を感じ始めた頃、一行は森の中に入った。

太陽の光を遮る背の高い木々が生い茂る中、鳥の鳴き声がアーシェリアスの耳に届いてくる。

「自警団に会わないいな」

「この辺りではないところを捜索しているのかも。シーゾー、はぐれないようにね」

「モフー」

風が葉を揺らし、擦れ合う音を聞きながら辺りを見回すアーシェリアス。

青々とした自然溢れる匂いの中に、甘い匂いがしないかと本来の目的である幻の果実のことも気にしていた時だ。

「アーシェ、止まれ」

数歩前を行くザックが足を止め、辺りを警戒するように視線を走らせた。

「ど、どうしたの？」

「声がした」

「えっ？」

「……こっちだ」

アーシェリアスには聞こえなかったが、ノアの声だろうかと期待を膨らませてザックの後ろをついていく。

進むのは道なき道。夕霧の崖は、夕刻になると霧に覆われることが多いためにつけられた名で、昨夜も霧が出ていたのか葉も土も露に濡れている。

足を滑らせないよう気をつけつつ耳を澄ませていたら、ついにその声がアーシェリアスにもはっきりと聞こえた。

「いい加減しつこいっ！」

ナンパされてブチギレているようなセリフとヒステリックに叫ぶ声に、一行が急いで駆け寄ると、そこにある光景にアーシェリアスは息を呑む。

十代半ば、アーシェリアスやザックより少し年下と思われる、リボンとフリルがいっぱいのロリータファッションに身を包んだ少女が、大猪の魔物カプロスの群れに囲まれているのだ。

しかし、驚くべきは少女を背に守る一匹の犬に似た魔物の存在だ。

長い毛を生やし、牛ほどの大きな体を持つカーシー。

妖精たちの番犬といわれる魔物だが、そのカーシーが傷を負いながらも、少女を食らおうと迫る魔物を威嚇《いかく》し追い払っている。

「ど、どういう状況？」

声を潜めつつも戸惑いを隠せないアーシェリアスに、ザックは「わからない」と首を横に振った。

だが、その手はすでに剣の柄に触れて、いつでも魔物を切る体勢に入っている。

（そうだ。どんな状況にせよ、女の子がピンチなのは変わらない。助けなくちゃ！）

とはいえ、アーシェリアスに戦闘経験など皆無。

護身用にと父から短剣は持たされたが、どう考えてもカプロスに勝てる気がしない。

「ザック、いい作戦はある？」

ここは戦い慣れているであろうザックの意見を聞こうと問いかけた時、一頭のカプロスの耳がピクリと動くと、その視線がアーシェリアスたちへと向き……目が合った。

その途端、アーシェリアスの胃が恐怖に縮みキリッと痛む。

「見つかったか」

ザックが忌々《いまいま》し気に吐き捨てたと同時に、カプロスは興奮して嘶《いなな》き、その勢いのまま突進してきた。

「ひゃあああああ！」

「左に飛べ！」

ザックに言われるがまま、急いで左側に飛び退く。

間一髪でカプロスが脇を通り過ぎ、地面に倒れ込んだアーシェリアスに怪我はなかったのだが。

「……あっ！」

その弾みで、ライスバーガーの入った籠を落としてしまった。

幸い籠の蓋は閉じたままだが、もしカプロスに踏まれていたら無残にも潰され、せっかく作ったライスバーガーはお釈迦《しゃか》になっていただろう。

いや、このまま逃げ回っているだけではお釈迦コースまっしぐらだ。

「私の愛情たっぷりライスバーガーを守るのよ……！」

急いで片をつける必要があると、アーシェリアスはライスバーガーを死守するため闘志を燃やす。

「ザック！　私が爆弾を投げて目くらましするから、その隙にカプロスたちを成敗して！」

「爆弾ってなんだ⁉」

そんなものをいつ入手していたのだと驚くザックに、アーシェリアスは鞄の中に手を入れて答える。

「小麦粉爆弾よ！」

こんなこともあろうかと、アーシェリアスは鞄の中に袋詰めした小麦粉とコショウを持ってきていた。

（視界を奪えば最悪逃げる時間は稼げるはず！）

シーゾーが「モフーッ！」と飛び回り、今さっき突進してきたカプロスが再び突っ込もうと後ろ足を蹴り上げ助走をつけていることをアーシェリアスに教える。

「ザック！　そっちのカプロスAは任せたわよ！」

そう言って、いくつかの小袋を抱えたアーシェリアスは少女の方へと走り出した。

「カプロスAってどいつだ！」と言いながらも、ザックはカプロスAと思しき先ほどのカプロスの足をうまく切りつけて動きを封じると、急ぎアーシェリアスの後を追う。

そんなふたりの様子を、少女はカーシーの背後からハラハラしながら見守っていた。

正確には、まったく強そうに見えないアーシェリアスの動向を。

（小袋を抱えてなにをするつもりなの、あのお姉さん！）

アーシェリアスが「カプロスB・C・D・E！　こっちよ！」と叫ぶと、少女を囲っているカプロスたちが一斉にアーシェリアスに視線を向ける。

複数のギラつく瞳に一瞬怯《ひる》んだアーシェリアスだったが、ゴクリと唾を飲み込んでじりじりと後ずさった。

「さあっ、食らえるものなら食らいに来なさい！」

挑発すると伝わったのか、全カプロスが足を蹴り上げ突進の準備を始める。

そして、十分に注意を引きつけカプロスらが走り出した瞬間、アーシェリアスは野球選手のごとく足を高く上げて……。

「くらえっ、オッコ〇ヌシの戦士たち！」

小麦粉爆弾を投げつけた。

空気中にうまく散らばった小麦粉は辺りを白く染め、カプロスたちの視界を奪う。

なにが起きたのかと混乱し、足踏みするカプロスたち。

次の瞬間、一匹のカプロスが声も出さずにドサリと地面に倒れた。

ピクリピクリと痙攣《けいれん》する間に、もう一匹、さらにもう一匹と地面に伏していく。

そして視界がはっきりした時には、カプロスはすべてまともに動けなくなっていた。

立っているのは剣を構えたザックのみ。

ザックが剣についた血を振り払うのを見たアーシェリアスは、さすがと思いつつも安堵し、長い息を吐き出した。

「フォローありがとうザック！」

「勝手に決めて行くな。焦っただろ」

「ザックなら必ずやってくれるかなと思って」

「まったく……」

呆れつつも信頼されていたことが少し嬉しくて、ザックは思わず緩みそうになった頬を引きしめる。

ふたりがそんなやり取りをしていると、「かっこいい……」と少女が声を漏らした。

キラキラと双眸《そうぼう》を輝かせ、ほんのり頬を赤く染めているのを見て、アーシェリアスはザックが惚れられたのだろうと思った。

自分からは見えなかったけど、少女にはザックの活躍が見えたのかもしれない。

剣を振るうザックは確かにかっこよかったと、いつか庭で兄と稽古をしていた姿を思い出していたら。

「お姉さん！　かっこよかった！」

少女がアーシェリアスに駆け寄って手を取った。

「えっ？　わ、私っ？」

「うんっ！　女の子なのにとっても勇敢で素敵だった！」

「あ、ありがとう」

「ありがとうはこっちの方だよ。助けてくれてありがとう、お姉さん！」

少女は毛先だけピンクに染めたミルクベージュのロングヘアを揺らし、お人形さんのごとく可愛い顔に満面の笑みを浮かべる。

（ひぇぇぇぇっ、可愛いっ）

まるで液晶画面の向こうにいるアイドルみたいだと女の子相手にときめいていたら、

カーシーが様子を窺うようにこちらを見つめているのに気付いた。

「カーシーはあなたを守っていたの？」

「うん、そうだよ。ボクの友達なの。いつもみたいに遊んでたらカプロスたちに囲まれちゃって。一度は隠れてやり過ごせたんだけど、霧も晴れたし帰ろうとしたら見つかっちゃったんだ」

そう言って、少女はアーシェリアスの手を離すとカーシーのもとへと戻る。

「ありがとう。君がいてくれて助かったよ。怪我させてしまってごめんね」

少女が伝えると、カーシーは無事であることを喜ぶように少女に頭をこすりつけてから森の奥へと滑るように走り去った。

人に友好的な魔物もいるのは知っているが、実際に見たのは初めてで驚くアーシェリアスとザック。

「お姉さんたちは、ボクを捜しに来てくれたの？」

首を傾げるボクっ娘《こ》少女に、アーシェリアスも首を傾げる。

（……ウエイトレスさんが若くて美人だからお子さんは小さな子だと思っていたけど、もしかして……）

先入観を捨て、もうひとつの可能性を頭にアーシェリアスは訊ねた。

「もしかして、あなたがノアちゃん？」

「うん！　ノアです！」

元気よく答えたノアに、ウエイトレスの年齢が気になってしかたなくなったアーシェリアス。

胸といい美しさといい、なにもかもが羨ましいが、とにかくノアが見つかってよかったと胸を撫で下ろす。

「無事でよかった。私はアーシェリアス。彼はザックよ。実はあなたのお母さんに話を聞いたの。でも、もうひとつ探してるものがあって」

「なぁに？」

人差し指を顎に添えて首を傾げるというアイドル技を繰り出したノア。

前世にいたら間違いなく売れっ子になれると確信しつつ、アーシェリアは「幻の果実って言われてる果物なの」と説明した。

「それならこの森を抜けた崖にあるよ。助けてもらったお礼に案内してあげる」

「本当!?　ありがとう！　やったねザック！」

「ああ」

喜びのままザックに笑みを向けたアーシェリアスが荷物を取りに場を離れると、ノアはザックをジッと見た。

「なんだ？」

「お兄さんは、お姉さんの恋人？」

「ち、違う」

ザックが動揺しつつも否定すると、ノアは「そうなんだ」と少し上機嫌になる。

不思議に思いながらもアーシェリアスが戻ると、一行はノアを先頭に崖の方へと移動を開始した。

相変わらず日差しは遮られて薄暗いが、ノアが見つかったことにより最初に森に入った時よりは気持ちが軽い。

「ノアちゃんは、夕霧の崖に詳しいの？」

「うん。いつも来てるからね」

「ひとりでか？」

「ひとりじゃ悪い？」

ザックの言葉にムッと眉根を寄せるノアに、アーシェリアスはウエイトレスさんの言葉を思い出す。

『ちょっと変わっているから友達がいない子なの』

ノアのなにが変わっているのか。

アーシェリアスは木の根につまずかないよう気をつけながら考える。

(魔物と友達だから？)

理由としてはあり得そうだが、無神経なザックのように、だから友達がいないのかとは聞けるわけもなく。

しばらくして辿《たど》り着いた風吹く崖。

その際に生える一本の木を指差してノアは言った。

「あれが幻の果実だよ」

そこになるのは独特な形をした果実。

しかしその形にアーシェリアスは目を瞬かせた。

「あれって私の目にはスターフルーツに見えるんだけど……違うの？」

「俺の目にもそう見えるな」

「大丈夫、ボクの目にもそれで認識されてるよ」

「でも、これが幻の果実なんでしょ？」

確かにスターフルーツはファーレンでも南の方でしか栽培されない果物なので、地方によっては珍しい。

カットすると星の形を見せるのも他のフルーツでは見られない特徴だ。

しかし、幻かと言われたら北方の王都でも手に入れることができる時点で違う気がしているアーシェリアスに、ノアは頷いた。

「崖ギリギリにあって取るのは命がけ。なかなか取れないから、幻の果実と呼ばれてるんだよ」

「えええええええ⁉」

そういう意味かと、アーシェリアスは地面にへたり込む。

「ザック……知ってたの？」

「知ってたら、わざわざ探しに来たりしない」

それはそうだと、項垂れるアーシェリアスのそばをシーゾーが慰めるようにモフモフ言いながら飛び回る。

「はぁぁぁ……」

そもそも、幻の料理と関係があるという確証はなかった。

けれど、少し期待していたのだ。これが最初の一歩になるのではと。

「やっぱりそう簡単に幻の料理に辿り着けないのね」

「最初はうまくいかなくても、諦めなければ辿り着けるさ」

ザックに励まされ、アーシェリアスは力なく頷くと一度だけ深く息を吐き出してから立ち上がった。

「そうね！　次がある！　これで旅が終わるわけじゃないんだから！」

明るい声を出しガッツポーズで告げると、ザックが口元に笑みを浮かべて頷いた。

「よっし、お昼ごはんの時間よ！　食べて元気出して町に戻りましょ！　ノアちゃんもよかったら食べて」

昨日から夕霧の崖にいたのだ。森の中に果物かなにかはあったかもしれないが、ちゃんとした食事はしていないはずだと、アーシェリアスは籠の中から敷物を取り出し、昼食の支度にかかる。

「ボクもいいの？」

「もちろんよ！　あ、でも口に合わなかったらごめんね」

その時はシーゾーにスターフルーツを取ってきてもらおうと考え、ライスバーガーをノアに手渡す。

「どうぞ」

「わ、ありがとう」

「はい、ザックもどうぞ」

包み紙を開くノアの正面に座るザックも、お楽しみの時間がようやく来たとライスバーガーを受け取った。

自分の分を手にするアーシェリアスの横で、ライスバーガーを不思議そうに見てからかぶりつくノア。

ザックも少し遅れて頬張ると、ふたりは同時に「うまっ」と喜びの声を発した。

ノアもザックもきんぴらを食べたことはない。それどころか、ライスバンズも初めてだ。

「お姉さんっ、これはなに？　サンドイッチじゃないよね？」

「みたいなものかな。パンの代わりに焼いたお米を使ってるの。具はゴボウとニンジンに味付けをして炒めたものよ」

食物繊維が豊富なゴボウは女性の体には嬉しい野菜。ノアの体の役にも立てるだろうと思ったのだが、ノアの関心はきんぴらよりもバンズに向いていた。

「お米って、こんな風にして食べられるんだ……」

「これはつなぎに片栗粉を使ってるんだけど、おにぎりを握るみたいにギュッとして形を作ってあるの」

「かた、くりこ？」

不思議そうに首を捻るノアに、シーゾーからもらったものだと説明すると長くなるので、「小麦粉の仲間なの」と教える。

「へぇ〜」

「アーシェ、おかわりしたい」

ザックがもうひとつ欲しいと手を伸ばし、アーシェリアスが籠から出して渡す。

「まだあるから、ノアちゃんも遠慮なくおかわりしてね」

「いらないなら俺がもらう」

「ザックは遠慮してもいいよ。シーゾー、もうお腹いっぱいなの？」

「モフ」

青空の下、賑やかな昼食の風景。

甘辛いきんぴらライスバーガーを食べながら、ノアはふと声をこぼす。

「お母さん以外の誰かとこんな風に食べるの久しぶりだなぁ」

意図して話したわけではなかった。本当に、するりと言葉がこぼれ落ちたのだ。

アーシェリアスとザックが目を丸くして自分を見つめていることに気付き、ノアは我に返る。

「ほ、ほら、ボクって変わり者らしいから」

ノアは物心ついた頃からまともに友達もできず、十年前に漁に出た父が帰らず亡くなってからはひとりで食べるか母と食べるかしかなかった。

寂しくなかったわけじゃない。だから、今こうしてアーシェリアスたちと一緒にご飯を食べていることがとても嬉しいのだ。

苦笑し、居心地悪そうにしているノアを見て、アーシェリアスは優しく微笑む。

「私はまだノアちゃんと会ったばかりだからどんな人か詳しくは知らない。でもね、変わり者だとしても、またこうしてノアちゃんとご飯を食べられたらいいなと思ってるよ」

「ね、ザック」とアーシェリアスが同意を求めると、ザックも「ああ」と頷いた。

優しい言葉を受け、ノアは瞳を潤ませる。そしてアーシェリアスたちならば、自分を受け入れてくれるのではないかと強く感じた。

カーシーが友達だと話した時も、疑ったりバカにしたりしなかったのだからと。

「お姉さんたちは、旅をしてるんだよね？」

「ええ、幻の料理を求めて」

「それならボクも行く！　一緒に行かせて！」

食べ終えた包み紙をくしゃりと手の中で丸めながら頼むノア。

「わ、私は大歓迎だけど、ノアちゃんのお母さんに相談しないと」

「ザックは？」

「……危険な目にあうかもしれないぞ」

「わかってるよ。でも、魔物のことなら役に立てるかもしれない」

「どうやってだ？」

ザックに問われ、ノアは勇気を込めるように息を吸う。

「ボク、魔物の心が読めるんだよ」

それを言えば、いつも嘘つきだと言われていじめられ、変な子だと白い目で見られてきた。

アーシェリアスたちは、どう反応するのか。少しは変な目で見られるかもしれない。だけど、それくらいなら予想の範疇《はんちゅう》だと窺っていると、アーシェリアスは花が開いたように明るい笑みを見せた。

「すごい！　それならカーシーと友達になれるのも納得だわ！」

「余計な戦闘も避けられるし、いいな」

ザックも難なく受け入れ、シーゾーも喜びノアにモフモフと話しかける。

その様子に、ノアは感激して泣きそうになったが、ぐっとこらえて笑顔を作る。

「お母さんにはちゃんと許可を取るよ。だから、いいかな？」

訊ねられ、アーシェリアスはザックと目を合わせ頷き合う。

「あなたが一緒に来てくれたら心強いわ」

お母さんの許可が下りるならぜひと続けたアーシェリアスに、ノアは「ありがとう！」と感極まって抱きついた。

あなたのために！　疲労回復スムージー

　すやすやと寝息を立てるシーゾーを抱きしめているアーシェリアスは、背後の白いホロの下に座るノアのあくびを聞いて振り返った。

「寝ててもいいよ？　昨夜はあまり眠れてないでしょ？」

「そうなんだけど、せっかく旅に出られたんだもん。景色とか楽しみたいじゃん？」

　ノアはそう答えると、カラカラと回る車輪の音を聞きながら、街道沿いののどかな風景を眺める。

　夕霧の崖から戻ったノアは、母親に心配をかけたことを謝り、捜索にあたっていた自警団にも頭を下げた。そして、家に戻ろうとした母親に告げたのだ。

　アーシェリアスたちと共に旅に出たいと。

　アーシェリアスは反対されるだろうと思っていた。大事な娘が旅に出るなんて危険だからだ。

　自分の父もそうだったから。

　しかし、ノアの母親は予想の斜め上をいった。

『素敵ね！　お友達と旅ができるなんて最高じゃない！』

人生は一度きり。自分で考え責任が取れるなら、好きなように生きるべきだというのがノアの母親の持論らしく、アーシェリアスはそれを聞いて激しく同意した。

旅に出ることになったのはそれからすぐだ。

そして、とりあえず幻の料理に関して情報を集めようと、学者の街と名高いエスディオへ向かい始めた時、有力な情報を得ることになる。

ノアが『あっ、ハーピーだ』と、街道脇の林から出てきた魔物を見つけたのだ。

ハーピーは腕と下半身が鳥、顔と上半身が女性の姿をしており、ほとんどが人を襲うことはない。

出会ったハーピーは友好的な上、ノアとは知り合いだったようで、ピィピィと鳴きながらノアになにやら話しかけていた。

もちろんアーシェリアスにはなにを言っているのかさっぱりだが、ノアは違う。

『へぇ！　どうりで最近見ないなぁと思ったよー』

当然のように会話をし、楽しげに笑いながら盛り上がっていた。

アーシェリアスとザックが感心する中、ノアは『そうだ』とハーピーに幻の料理についてなにか知らないかと訊ねた。

すると、ハーピーは教えてくれたらしい。

隣国、モルンロート王国との国境砦の手前にある〝祈りの洞窟〟。その奥に、幻の食材と言われているものがあるのだと。

どのみちエスディオへ向かう途中にその洞窟はある。ならばと行ってみることとなり、一行は現在、祈りの洞窟に近い宿場町を目指していた。


シュタイルを出発して三時間。

辺りは夕景へと変化し始め、空の青がグラデーションを描く。

ザックは傾く陽の淡い橙色を纏いながら「宿場町が見えたぞ」と告げた。

今日はこの宿場町で一泊し、準備を整えてから洞窟に向かうことになる。

ザック曰く、祈りの洞窟は魔物が棲み着いているからそれなりの武器やアイテムがあった方がいいらしく、宿屋が決まったら道具屋に寄ることが必須となった。

それからしばらくしてアーシェリアスたちは宿場町に到着したのだが、宿屋が決まったのは陽が暮れてから。

馬車で一度も寝ることのなかったノアの疲れも心配だったアーシェリアスは、道具などの調達は明日にしようと話した。

そして夕食後、部屋に戻るザックたちと別れ、アーシェリアスはひとり夜の酒場へと出掛ける。

目的は疲労回復グリーンスムージーを作るために必要な食材をゲットすることだ。

欲しいのはほうれん草、マンゴー、バナナ、オレンジの四つ。

（全部あるといいんだけど……）

宿場町の酒場は小さいが、たくさんの行商人が往来しており品数も豊富だ。

今回手に入れたい食材は比較的どこの酒場にも置いてあるもの。しかし夕食時も過ぎたため、品切れもあり得る。

その場合は、他になにがあるかを聞いて、代用できたらそれを購入しようと決めながら酒場の扉を開けた。

先日お世話になったブリーランの酒場より店内の雰囲気は落ち着いている。

すぐ近くのテーブル席では、カードゲームに興じている男性がふたり。

アーシェリアスは、ブリーランで酔っ払いに絡まれたことを思い出し、少し気をつけつつ店員の立つカウンターへ移動した。

「すみません」

声をかけると、店主と思しき中年男性が彫りの深い顔に皺を作って微笑む。

「いらっしゃい、お嬢さん」

「このリストのものが欲しいんですけど、ありますか？」

「どれどれ……ああ、これならあるよ。ちょっと待ってな」

男らしい太い声で言うと、店主は店の裏手にあるパントリーへ入っていった。

そして、茶色い紙袋を手に戻ってきて、食材をアーシェリアスに見せて確認する。

「ほうれん草にオレンジ、マンゴーとバナナ。数が合ってるか確認してくれるかい」

「はい！」

渡されたずっしりと重い紙袋の中身をチェックし、お金を払ったアーシェリアス。

あとはホロ馬車の調理器具を使って作るだけだと店主にお礼を告げ、踵を返そうとしたのだが。

「わっ、ぷ」

「おっと。失礼、レディ」

「こちらこそごめんなさい」

確認不足のせいで人とぶつかってしまった。

見上げると、赤と黒のツートンカラーの髪がまず目に入る。

次いで視界に飛び込んできたのは、右の瞳あたりで前髪を横分けにした、端整な顔立ちの男性だ。

出で立ちをよく見ると、立派な鎧を纏い、ファーレンの王立騎士のみがつけることが許される勲章が逞《たくま》しい胸元に飾られている。

（ファーレンの騎士……ということは、アルバートと知り合いかもしれない）

元婚約者のアルバート。目の前の騎士は彼と年も近そうだ。

せっかく折った破滅フラグを復活させるきっかけになると困るので、アーシェリアスはそっと騎士とすれ違う。

その間際、騎士が店主に声をかけたのが耳に入る。

「主人、マンゴーはあるか？」

「申し訳ないね。今さっき売れ切れちまったよ」

「なんだとっ⁉」

ショックが大きかったのか、声を張り上げた騎士に、アーシェリアスは驚き肩を跳ねさせた。

「そうか……残念だ」

かと思えば、今度はしょんぼりと落ち込んだ声が聞こえてきて、アーシェリアスは袋の中に見えるマンゴーに視線を落とした。そして、振り返って騎士へと歩み寄る。

「あの。ひとつでよければお譲りできますよ」

マンゴーを手にして差し出すと、騎士はアーシェリアスを見下ろし茶色い瞳を輝かせ驚きに染めた。

「いいのか？」

「はい。念のためにとひとつ多めに買ったので大丈夫です」

アーシェリアスがにっこり笑むと、騎士は破顔しマンゴーを受け取る。

「ありがとう！　俺は一日にひとつはマンゴーを食べないとダメなんだ」

毎日食べるほど好きならば、先ほどの落ち込みようは理解できるとアーシェリアスは得心した。

「お役に立ててよかったです」

「それで、いくらだ？」

「あ、お代はいりません。騎士様方はファーレンの守り手。いつも守ってくださっているお礼です」

「君は……！　なんといじらしい！　マンゴーのレディよ。俺はファーレンを、君の毎日を、これからも変わらず守ると誓おう」

大げさに喜んで、マンゴーのレディことアーシェリアスの肩をバシバシと叩いた騎士。

アーシェリアスは苦笑いしつつ、何度も礼を口にする騎士と別れて厩舎へと急いだ。

「ナイフとまな板とミキサーと、あとは……あった！ これこれ！」

ホロの下で調理器具を漁るアーシェリアスは、正方形にカットされた小さな黒い石を袋から取り出す。

これは電気を発生させる電鉱石というものだ。

といっても、前世で使っていた冷蔵庫やテレビ、照明機器のようなものにずっと電気を送り続けることはできない。乾電池に似て、鉱石の中の電気がなくなると切れてしまう。

しかも使える時間は割と短く、電池切れ直前の乾電池くらい。なので、ファレ乙の世界では電気での生活というのはまだ遠い未来の話になるだろう。

いつになったら自由に世界を行き来できるドアが使えるようになるんだというくらいには遠い話かもしれない。

しかし、ミキサーなどの小さな道具は別だ。パワーマックスのボタンを押せば一気に電気を消費してしまうが、それでも二、三度鉱石を換えればしっかりとスムージーを作ってくれる。

（あとは魔法とかあればいいのに）

火の魔法や水の魔法に氷の魔法。これらがあれば、野外でももっと料理がしやすくなる。

氷の魔法なら、一瞬で野菜や果物を凍らせて、冷たいスムージーも作れるのだ。

しかし残念ながらファレ乙はそういった世界ではないので、これぱかりは諦めるしかない。

ただ、母がよく調理機器を購入していたのは隣国のモルンロート王国。

モルンロートは技術者が多い国なので、日々新しい調理機器も開発されていることだろう。そのうち電子レンジみたいなものも生まれてくるに違いない。

そして早く電気で生活ができるようにしてほしいと願いながら、綺麗に洗いカットした食材と、シーゾーからもらったヨーグルトが入ったミキサーに鉱石をセットしてボタンを押した。勢いよく刃が回って、食材を刻んでいく。

アーシェリアスが酒場で購入した野菜と果物はビタミンとミネラルが豊富で、特にビタミンを多く含むフルーツは疲労回復だけでなく美容にもウイルス撃退にもいいという。疲れた体にはうってつけのスムージーなのだ。

「こんなものかな？」

滑らかに攪拌《かくはん》された翡翠色のスムージー。

アーシェリアスは籠にグラスとストロー、それと飾り付けに使えそうだとシュタイルの街で購入しておいたハイビスカスの花を入れ、ミキサーごと持って宿屋へ戻った。

二階へ上がり部屋の扉を開けると、入浴を終えたノアが髪を乾かしながらベッドに腰かけている。

「アーシェ、おかえりなさーい」

「ただいま、ノアちゃん」

ちらりと自分のベッドを見ると、夕食時にビスケットをあげたシーゾーが満足そうな顔で寝ていた。

「必要なものを取りに行くって言ってたけど遅かったね。なんだったの？」

「うん、ちょっと待ってね。今用意するから」

不思議そうに瞬きを繰り返すノアに見守られながら、アーシェリアスは丸いテーブルの上に籠から取り出したグラスを三つ置いて、ミキサーからグリーンスムージーを注ぐ。そして、ストローを差し入れてハイビスカスを飾るとノアへと手渡した。

「疲労回復グリーンスムージーだよ」

「疲労、回復？ すむーじぃー？」

「野菜と果物を使った飲み物よ。カプロスのことがあって大変だったのに、そのまま一緒に旅に出たでしょ？　明日起きた時、少しでも元気になってもらえたらと思って」

「ボクのために作ってくれたの？」

訊ねられて微笑んで二回頷くと、ノアは手元のスムージーを両手で持ちながら瞳をウルウルさせる。

「アーシェってば、ボクのことをそんなに気にかけてくれてるなんて……ますます好きになっちゃう」

語尾にハートマークをつけるように上機嫌に言ってから、ノアは「いただきまぁす」と薄く小さな唇でストローを咥《くわ》えた。

吸い上げると口内にほどよい甘さと酸味が広がる。

ノアは最初、見た目が緑なので青臭さがあるのかもしれないと想像していた。しかし、そんなものは感じられず、むしろとても飲みやすくて、ごくごくと喉を鳴らして飲むと表情を明るくした。

「なにこれ、めっちゃ美味しい！　野菜入ってるとかウソでしょ？」

「本当よ。ほうれん草が入ってるの」

「ほうれん草！　でも全然感じないよ？」

「バナナの甘味がカバーしてくれてるからね」

もちろんほうれん草など葉野菜の量を多くし、別のフルーツを使えば葉野菜の味は感じるようになるだろう。けれど、今回はデザートっぽく飲んでもらいたかったので、ほうれん草は少なめにしてあった。

「少しとろっとしてるのはなんで？」

「それはバナナとヨーグルトを入れているからだよ」

バナナや桃などの水溶性食物繊維を多く含むフルーツは、使う量を多くするほどとろみが強くなる。対してりんごやオレンジなどの不溶性食物繊維を多く含むフルーツは、さらっとした食感を引き出すのだ。

今回は飲みやすくするためにバナナの量を少なめしているが、それでもとろみは感じられるようになっている。

「朝食代わりにスムージーを飲むなら、とろみを強くすると腹持ちがよくなっていいんだよ」

「へぇ～！　それなら今度は朝に飲みたいな！」

「わかった。じゃあ今度別のフルーツも調達して作ってみるね」

「やったー！　楽しみ！」

ヨーグルトはもうないが、ミルクや豆乳が売っていればそれを使おうと考え、スムージーを味わうノアに「ザックにも渡してくるね」と告げて、隣の部屋へ向かった。

「ザック、起きてる？」

ノックの後に声をかけると扉はすぐに開いた。

こちらも入浴後だったようで、髪が少し湿っている。

「なんだ？」

「グリーンスムージーを作ったの。疲労回復効果があるから、苦手じゃなければどうぞ」

「すむぅじい？」

「野菜や果物を使ったジュースよ」

ザックは「へぇ」と言いながらアーシェリアスの手からグラスをもらうが、あることに気付いてハタと動きを止める。

「果物なんて荷台にあったか？」

「実は酒場で買ってきたの」

「酒場に？　ひとりでか？」

ザックの眉間に皺が寄る。

けれど、それは不快感からではなく心配からくるものだ。

そのことを感じ取ったアーシェリアスは、申し訳なく思い頷いてから「ごめんね」と謝る。

「大丈夫だったのか?」

「うん。声の大きなマンゴー中毒の騎士様にマンゴーをあげたくらいで、あとはなにもなかったよ」

酒場で出会った騎士のことを話すと、ストローを咥えようとしていたザックの動きがまた止まった。

「声の大きいマンゴー中毒の……騎士……?」

アーシェリアスの言葉を繰り返すザックはなにやら思案顔だ。

「ザック? どうかしたの?」

「ああ、いや。なんでもない」

なんでもないようには見えなかったが、あれこれと詮索するのは好きでないアーシェリアス。

ザックがスムージーを飲んでうまいと言ってくれたのを素直に喜び、また明日と、ノアの待つ部屋へと戻ったのだった。

――翌朝。


ノアはザックの部屋の前に立つと、強く三度扉を叩いた。

「ザックー！　ボク出掛けてくるんだけどー、アーシェまだ寝ててー」

ドンドンとまたノックし、「ねぇ、聞こえてる？」と問いかけたところで勢いよく扉が開いた。

「朝からうるさい」

「あ、起きてた？」

「起きてる。支度の途中だ」

言われて見れば、服は着ているが金の髪にはまだ寝癖がついておかしな方向に跳ねている。

けれど、今のノアはそこを気にすることはなかった。

「じゃあ支度が終わったらアーシェを起こしてあげてよ」

「なんで俺が。同室のお前が起こせばいいだろ」

「だーかーらー、ボクは今から出掛けるの」

「どこに」

「昨日スムージーを作ってくれたお礼に、アーシェが喜びそうなものを探しに」

いい考えでしょと笑みを浮かべたノアに、ザックは「起こしてから行けばいい」と扉を閉めようとする。

しかし、すぐにノアの足がドアの隙間に挟まれたかと思うと手でこじ開けられた。

その力強さにザックは目を丸くする。

「もう、バカなの？ それじゃあアーシェにサプライズできないじゃん。てことで、ボクがなにをしに出掛けたかは内緒にしててよね」

そこまで話すと、ザックの了承は聞かずに「行ってきます」と背中を見せて去っていく。

階段を下る軽快な足音を聞きながら、ザックは小さく溜め息をついた。

（なぜ俺が……）

今までの宿泊を経て、ザックは知っているのだ。

アーシェリアスが低血圧気味で、声をかけてもなかなか起きないのを。

鍵がかけられているので、最初の二、三日はひたすら扉の外から声をかけていた。

しかし、それでも起きてこないので放置し、アーシェリアスが自分から目を覚ますのを待つようになった。

今回はノアに頼まれたので部屋の鍵はかかっていないだろうが、近くで声をかけたくらいで起きるのだろうかと、あまり期待せずに髪の毛を整えてから隣の部屋に入る。

どうやらシーゾーはすでに起きていたらしい。布団をかぶって眠るアーシェリアスの隣で、新しく生み出した食材を手におとなしく座っている。

「おはよう、シーゾー」

「モフー」

「それはなんだ?」

「モーフ」

どうぞ、と言っているのだろうと予想しながら差し出された食材を受け取った。

透明な袋の中に入っているそれはパッと見は黒い。そして両手のひらに収まらないほどの大きさで四角い形をしている。

(ん……?　よく見ると少し緑っぽいか)

シーゾーが生み出す食材や調味料はすべて異国のものらしく、袋に書いてある文字はザックには読めない。

どうやらアーシェリアスには読めるようだが、旅の初めにどこで習ったのかと聞いてもはぐらかされたのを覚えている。

(なにかあって隠してるんだろうが……まぁ、それは俺も同じだからな)

アーシェリアスのことをとやかく言う資格はないと自嘲し、食材をテーブルに置いたザックは、いよいよ起こしにかかろうとベッド脇に立った。

「アーシェ、朝だぞ」

ザック側からはアーシェリアスは背を向けていて顔は見えない。

身動きひとつなく、やっぱりかと心中で溜め息をつき、もう一度「アーシェ、朝だ。起きろ」と声をかけた。

今度は少し頭が動いたが、すぐに反応はなくなる。

これはもう強制的に起こすべきかと、ザックは布団に手をかけて思い切り剥《は》がした。

今の今まで温めてくれていたものがなくなったため、アーシェリアスは茹でたエビのように背中を丸める。

「うぅ……」

寝間着のロングワンピースが膝上までめくれ、いつもはふんわりとしたコルセットスカートとタイツで隠れている白い足がザックの目に飛び込んできた。

その瞬間、ザックの心臓が跳ねて、アーシェリアスと出会った日に生まれ、見ないようにしていた気持ちがむくりと頭をもたげる。

けれど、自分が誰かを思い出し、またしまい込むと無理矢理気持ちを切り替えた。

「おい、起きろ」

「……寒い……なにごと……」

春はもうすぐそこという気候ではあるが、朝晩はまだ少し冷え込むことが多い。

窓の外に広がる空は青いけれど、低血圧のアーシェリアスにはその陽の光も今はまだ歓迎はできない状況だ。

しかしながら、おぼろげに聞こえたのが聞き覚えのある声だったので、それが誰であるかを確認しようと瞼を開く。

だが目の前には誰の姿も見えない。もしかしたら寝ぼけていたのかもと、とりあえず急になくなった布団を探そうと上体を起こした時だ。

「やっと起きたか」

また声が聞こえた。しかも今度ははっきりと。その上、ノアではなく男の声だったことで、アーシェリアスの意識は一気に覚醒する。

(待って、ザックの声に似てる!)

部屋には鍵がかかっているはずだ。

ザックが部屋にいるわけがないと半信半疑で声のした方へと視線をやると……。

「いつまでもそんな恰好してないで、さっさと支度しろよ」

母親みたいなことを口にしながら、ザックがベッドのすぐ横に立っていた。

なぜザックが部屋に入っているのか。

いや、問題はそこではない。

ザックの手には、布団がある。それはつまり、寝ているアーシェリアスから剥ぎ取ったということに他ならないのではないか。

「ふ、布団、取った？」

落ちた布団を拾ってくれたという可能性もあるため一応確認してみたのだが、ザックは当然のように「取った」と答えた。

確定した瞬間、アーシェリアスは顔を真っ赤にする。

そんなアーシェリアスの様子を見たザックは、茹でエビの次は茹でタコかと心の中で突っ込んで「ぷっ」と自分でウケた。

「ちょっと、なにがおかしいの⁉」

ザックの手から布団をひったくり、口調に怒りを滲ませたアーシェリアス。

シーゾーは雲行きが怪しくなってきたことを読み取り、そっとふたりから距離を取った。

空気を読めるシーゾーとは反対に、読めないばかりかデリカシーのないザックは正直に話す。
「いや、さっきの寝てる姿がエビみたいで、今はタコみたいだから」
「それがレディに向かって言う言葉!?　もうっ、出てってー!」
アーシェリアスは怒りに任せ、奪ったはずの布団をまたザックへと投げつけた。
無遠慮なことをしてしまったザックだが、ここまではっきりと意思表示されれば
アーシェリアスが怒っていることくらいはしっかり伝わっている。
そして、そのスイッチがエビとタコの話だったことも。
部屋から追い出されたザックは、腕を組んで首を傾げる。
(……いや、その前からなんか変だったか)
とりあえず起こすというミッションはクリアしたのでそこはよしとし、けれどここ
まで怒りを露わにしたアーシェリアスを見たのは初めてで、ザックは戸惑う。
謝るべきだろうが、どこからが悪かったのか。布団を剥いだことからか、それとも
起こしたことから間違っていたのか。
(考えても仕方ないな)
とにかく謝るべきだという結論に至った時、ふと兄がいつか口にしていた言葉が頭
をよぎる。

『これかい？　これは僕の小道具さ。いいかいザック。女性は美しい花を贈れば笑顔を見せてくれるんだよ』

女性関係には少々だらしのない兄だが、尊敬すべきところも多い。

アーシェリアスが花を好きかどうかは知らないが、ノアもお礼をするのだとプレゼントを探しに出た。

（ただ謝るより、気持ちが伝わるだろうか）

そんなものはいらないと言われるかもしれない。けれど、それでもアーシェリアスにはしっかりと謝罪をしたいと強く思う。

ザックはドア越しにアーシェリアスに声をかける。

「アーシェ、俺は少し出てくる。ノアも出てるが探し物があるらしい。心配するな」

部屋の中から声は返ってこない。けれど、聞いているだろうと予想し、ザックは「いってくる」と告げ、扉の前から立ち去った。

みんなで作ろう、春の愛情弁当

ザックが部屋を出ていってから一時間後。

「ほんっとにザックってばデリカシーがないんだから」

着替えて支度を済ませたアーシェリアスは、シーゾーに見守られながらホロ馬車で調理をしていた。

シーゾーが海苔をくれたので、おにぎりを作ることにしたのだ。

しかし、おにぎりだけでは味気ない。ノアという仲間が増えたことと行き先が洞窟ということで、せっかくだからしっかり栄養を取って元気になれるお弁当を作ろうと考え、昨夜の酒場へ行って再び材料を仕入れてきた。

そして現在、甘い卵焼きを焼いている。

ファーレンにはお弁当という言葉はない。この世界では一般的にランチというと、籠の中にサンドイッチやスコーン、マフィンに果物などが入っている。

ザックもノアも、アーシェリアスが少し変わった料理を作るのは承知しているが、日本のお弁当というものはまだ披露したことはなかった。

（もう春だし、花を意識したお弁当にしてみようかな）

お弁当の蓋を開けた時に、ふたりが喜んでくれるよう彩りよく華やかにしたい。

そんなお弁当の定番といえば卵焼きと唐揚げだ。

アーシェリアスは焼いた卵焼きをフライパンから取り出すと、火傷《やけど》しないように気をつけてカットする。それをさらに斜めに切り、片方をひっくり返してくっつけるとハート形の卵焼きの完成だ。

購入しておいたハムやチーズも、持参している型抜きを使って花の形にくり抜いていく。

次に、醤油、みりん、おろしにんにくを混ぜて作ったタレを袋に入れ、そこに揉んで漬け込んでおいた鶏モモ肉を片栗粉にまぶすと、鍋で中温に熱しておいた油の中に泳がせた。

ジュワッと泡が上がり、油が躍る。

しばらくしてお肉が浮いてきたところで一度すべて取り出し、少しだけ冷まし置いてから二度揚げをする。

これは余分な水分を飛ばし表面をサクサクにするためで、前世、小料理屋を営む母に伝授してもらった揚げ方だ。

（うん、美味しそうな色になってきた）

きつね色になったのを確認すると、一気に強火にして高温で仕上げる。

やがて油がチリチリという音に変化してきたところでアーシェリアスは菜箸でひとつ唐揚げを持ち上げた。すると、箸を通じてジジジと細かな振動が手に伝わってくる。これが中まで火が通ったことを知らせるサインだというのも、莉亜が母から教わったものだ。

（冷ましているうちに、次はポテトサラダを作ろう）

すでにジャガイモは茹でて荒く潰しており、塩、コショウとお酢を混ぜ合わせて粗熱を取ってある。そこに、小口切りにし塩水にさらしたきゅうりと、薄切りにし塩を振ってしんなりとした玉ねぎを水気を絞って加える。さらに先ほど形をとったハムの切れ端を刻んでこれらをすべて混ぜ、マヨネーズで味付けをしたらポテトサラダの完成だ。

（さぁ、次はおにぎりね！）

調理している間に炊き上がった白米をほぐし、ボールに入れた水で手を少し湿らせてから、ひとつまみの塩でご飯を優しく握っていく。

「あっつ……」

ご飯の熱が手に伝わり、声をこぼすとシーゾーが「モフ?」と心配そうに傍らに寄ってくる。

「大丈夫よ。ありがと、シーゾー」

形を三角形に整えて、パリッとした海苔を巻いたところで「ここにいたのか」と声がかかり、振り向くとザックがホロ馬車の外に立っていた。

「なにを作ってるんだ?」

「……お弁当よ」

アーシェリアスの声がそっけないことに気付き、ザックはやはりまだ機嫌が直っていないことを悟る。

そして、後ろ手に隠していたものをずいっとアーシェリアスへと差し出した。

「これ、もらってくれ」

「えっ……!?」

いきなり現れたピンクと白の花束に、アーシェリアスは目を白黒させる。

しかし、バラに似たその可愛らしい花がプリムラだということに気付いた瞬間、目を輝かせた。

「ありがとうザック! これでお弁当がさらに華やかになるわ!」

「……は？」

「これは食用の花でね、飾りつけには最適なのよ」

「食用……」

野菜のように食べられるエディブルフラワーのプリムラ。

そうとは知らずに花売りに勧められて購入したのだが、思い返してみれば『どんな方に贈るんですか』と訊ねられ、『料理が好きな女性だ』とザックは答えた。

もしかしたら花売りも役立つと考えて選んだのかもしれない。

（……というか、デリカシーがないのはどっちだ）

お詫びのプレゼントのつもりで渡したのに、まさか料理の小道具にされるとは。

しかし、楽しそうに箱の中に料理を詰めて飾り付けていくアーシェリアスの顔を見て、ザックは満足気に目尻を下げて微笑んだ。

「でも、プリムラってファーレンではあまり見ないわよね？」

「これは北のネレーゲン公国のような寒冷地に多く咲く花だからな。ネレーゲンは他にもファーレンにない草花が結構あるんだ」

「そうなのね！　ザックはネレーゲンには行ったことがあるの？」

詳しかったため、もしかしたら実際に目で見てきたのではと思い聞いてみるとザックはひとつ首を縦に振った。

「ああ、式典とかで何度か」

「式典？」

式典とは一体どんなものか。アーシェリアスが知るネレーゲン公国の式典であるならば、パレードかなにかに参加したのだろうかとアーシェリアスが首を捻った瞬間、ザックは固まった。

「ザック？」

名を呼ばれ、ザックの目が泳ぎ始める。

「どうしたの？」

「あー……いや、それより大変そうだな。俺も手伝うぞ」

「え？　でも、ザックって料理できるの？」

「……できないが、できることを手伝う」

はぐらかされたのをなんとなく察しながらも、アーシェリアスは特に追及することはやめてザックに合わせた。

「じゃあ、まだおにぎりが全部できてないからお願いしようかな」

まだひとつしか握れていないおにぎりを指差して示すと、ザックは興味深そうに見ながらコクンと頷く。

「わかった。教えてくれ」

「じゃあ、まずは……」と、アーシェリアスがやってみせながら教えたのだが。

「……なぜ崩れるんだ」

握るたびにザックの手からボロボロとご飯がこぼれ落ちていく。それでもめげずに白米を必死に集めてまた握るのだが、次第に形が崩れてしまうのだ。

慣れた手つきでおにぎりを握りながら、アーシェリアスはクスクスと笑う。

「力を入れすぎなのよ」

こうだよ、と優しく、しかし絶妙な力加減で形を三角形にしていくアーシェリアス。

「料理って難しいな……」

ザックが眉を寄せると、またアーシェリアスは笑った。

そして、こうしてザックと一緒に過ごす時間が楽しくもあり心地よいと感じている自分に気付く。

(なんていうのかな、こういうの……)

家族というにはまた違う感覚で、当てはまる関係性はなにかと考えた時、ひとつ思い当たった。

（そうだ。同棲してるカップルみたいなやつ！　……って、いや、ザックはそういうのじゃないから！）

心の中で突っ込んで、けれど笑って否定できない自分がいることにも気が付いて、アーシェリアスは頬を染めてしまう。

幸い、ザックはおにぎりと格闘していてアーシェリアスを見てはいない。

シーゾーもザックの応援に必死だ。

ホッと胸を撫で下ろし、あまり深く考えるのはやめようと密かに深呼吸して、アーシェリアスは四つ目のおにぎりを完成させた。

……そんなふたりの様子を、少し離れた場所からノアは見ていた。

アーシェリアスの頬に朱色が差し、ザックを横目でチラッと確認していたのもしっかりと。

（アーシェはもしかしてザックのことを……？）

新参者の自分は、アーシェリアスとザックがどんな風に出会ってどういう経緯で旅に出たのかは知らない。

知っているのは、旅に出る前の自己紹介で、アーシェリアスが実は令嬢であり、家族を説得して幻の料理を求め旅に出たということ。

それから、旅をしていたザックはアーシェリアスを危険から守るために共にいるのだということのみ。

ザックがどこの誰か、なぜアーシェリアスと旅をしているのか。アーシェリアスを、どう想っているのか。

ノアは、ふたりをあまりにも知らなかった。

(それでも……この人ならって思えた)

だから、一緒に旅に出たいと、役に立ちたいと思ったのだ。

ノアは、アーシェリアスに渡そうとしていたプレゼントをポケットにしまう。

お礼のつもりだったし喜んでほしかった。けれど、今は渡せないと、ふたりの様子を見て感じてしまった。

「いつか、ボクを見てくれるように頑張ろう」

プレゼントを渡すのは、気持ちを整理して、もう少し努力を重ねてから。

タイミングを間違え嫌われたりしないようにしなければと慎重に考えて、ノアは大きく息を吸うと笑みを作って踏み出した。

「ふたりともー！　ボクを仲間外れにしないでよー」

ノアの声にアーシェリアスとザックが視線を向ける。

「あ、ノアちゃん！　おかえりなさい。どこに行ってたの？」

「あー、うん。探し物してたんだけど、見つからなかったんだ。それよりふたりでなにしてるの？　ボクも交ぜて！」

　ホロの下に乗り込んだノアは、おにぎり以外の料理が詰まった箱を見て瞳を輝かせた。

　ランチボックスにしてはなんだか様子が違う。パンやサンドイッチが入っているわけでもない。だが、その見た目はノアの心をくすぐった。

「わぁっ！　ハートとお花がいっぱいで可愛い〜」

　アーシェリアスは本当はふたりに驚いてほしかったのだが、一緒に作るのも楽しいと思い、ノアにもおにぎりの握り方を教えて、三人でお弁当を仕上げたのだった。


　――道具屋にて薬やたいまつなどの必要な買い出しも終わり、一行はいよいよ洞窟へ出発することになった。

　ザックとノアには先に馬車に乗ってもらい、アーシェリアスが厩舎の支払いのために、厩舎番のいる支払い口に立とうとした時だ。

「アーシェ？」

可愛らしいソプラノの声に呼ばれて、アーシェリアスは足を止める。

そして、振り返った先にいる者の姿に目を疑った。

「ミ、ミア……」

まさかこんなにも早いうちに再会し、その名を口にすることになるとは思わず、固まってしまう。

(嘘でしょう⁉　今日って運勢最悪の日なの？)

アーシェリアスの長い黒髪が風に揺れると、ミアは金色の髪を嬉しそうに弾ませて小走りに近づいてきた。

「偶然ね！　会えて嬉しいわ」

「わ、私も嬉しいわ。どうしてここに？」

北の王都方面なら貴族たちの別荘も多いので出会うことはあるかもしれないがと困惑を隠し笑顔で問いかける。

すると、ミアは一瞬だけ歪んだ笑みを見せてから、そんなものは見間違いだったような天使の微笑みを浮かべた。

「実はね、アルバート様にどうしてもと誘われて旅行中なの」

愛されているでしょう？　羨ましいでしょう？と言いたげな声色だが、アーシェリアスの関心はそこにない。

（げっ、アルバートもいるの⁉）

婚約は無事に解消されている。両家の間にはなにも問題は起きなかったし、円満に済んだとも聞いている。

しかし、アルバートとミアに関わると毎回悪い方へ転ぶばかりだったため、アーシェリアスは、また濡れ衣を着せられてはたまらないと、全力で回避することを決めた。

「アルバート様との婚約破棄の話を聞いたわ。ごめんなさい、私のせいよね……。でも、アルバート様を責めないであげて。アルバート様はきっと私のことを思って」

「いいえっ、責めたりなんかしないわ。私のわがままを許してくれたアルバート様には感謝しかないもの」

話をしているうちにアルバートが来てしまうと面倒なので、ミアの言葉を遮るように言う。そして、手早く利用料を支払った。

「あなたのわがまま？」

「ごめんなさい、ミア！　ザックたちが待ってるから行かないと」

すべきことを済ませ、あとは去るだけ。

「ザック？」

婚約破棄について、アーシェリアスのわがままを許したという言葉が気になって首を傾げていたミアは、ザックの名に眉を寄せた。

ミアがアルバートから聞いていたのは、婚約は解消され、アーシェリアスは家を出たという話だった。てっきり追放されて仕方なく旅をしているだろうと予想していたし、意気消沈しているアーシェリアスに再会できたらフォローを入れつつアルバートと恋人になれたことを話そうと考えていたのだが。

「それじゃあね！」

どう見てもアーシェリアスは生き生きとしている。

アルバートを奪われたことを気にした様子もなく去っていく背中を見送りながら、ミアは目を細めた。

「……つまらない。元婚約者の余裕？」

自分のことは所詮恋人でしかないと見下されているのか。

ならばと、ミアは次のステップを目指して、自警団の詰め所で所用を済ませているアルバートのもとへと向かった。

そんなふたりの様子を木の陰から窺っていた人物が眉間に皺を寄せる。

「ザック……？　まさか……いやしかし」

思案するその者の目が追うのは、スカートを揺らし走り去るアーシェリアス。

「念のため、確認だけしておくか」

ひとりごちた声をアーシェリアスは知る由もなく、ザックとノアが待つホロ馬車へと急いだ。

仰天！　彼の正体。実食！　お楽しみの昼飯

街道を道なりに進んで東へ向かい始めた馬車で、アーシェリアスは密かに安堵の息を吐き出した。

（あっぶなかった！　ミアだけでもなにを仕掛けられるかわからないのに、そこにアルバートまで加わったら、うっかり新しい破滅フラグが生まれるとこだったわ……）

幸運にも、アルバートに遭遇することなく宿場町を出発することができ、無事にのんきな顔をしたシーゾーをいつも通り膝の上に乗せている。

ノアは家から持参してきた魔物事典という本を読み、隣に座るザックは手綱を手に道の先や辺りの様子に気を配っている。特に事件もない穏やかな時間に感謝したい気持ちになった。

（平穏って最高ね）

とはいっても、これから向かうのは祈りの洞窟。

危険な魔物と遭遇した場合、平穏とは言い難い時間がやってくるのだが、アーシェリアスには幻の料理を作るという目的がある。

鞄の中にはもしもの時のために小麦粉爆弾などを用意しておいた。

魔物と心を通わせることができるノアもいるし、ザックも剣技に優れ頼りになる。

きっと乗り越えられると信じ、馬車で街道を進み続け、背にあった太陽がてっぺんに差しかかる頃、目的地へと到着した。

ファーレンとモルンロートの国境は渓谷に沿って設けられている。

祈りの洞窟はその渓谷に入って間もなくの断崖にぽっかりと口を開けてアーシェリアスたちを待ち構えていた。

手綱を尖った岩にくくりつけ、洞窟に入る準備を始めるアーシェリアスとノアを横目に、ザックは宿場町を出てからずっと追ってきている気配の方へとそっと視線を移す。

しかし相手は相当用心深いのか、または気取るのがうまいのか、その姿を確認できない。

見えるのは、茶や橙色が層になって高くそびえる岩壁と、発育不良の草木ばかりだ。

（……まぁ、殺気も感じないし大丈夫だろう）

どちらかというと、様子を窺っているという表現が正しい気配であるため、今はまだ放置しておくことにする。

ましてここからは洞窟。相当な理由がない限り、中までついてこないだろうと踏んだのだ。

「これでOKね！」

アーシェリアスが爆弾を詰めた鞄を肩にかけ、弁当箱の入った籠を手に、ノアとザックの様子を確認する。

ふたりの準備も整っており、シーゾーもやる気満々といった様子で洞窟の入り口へと「モフー！」と声を出しながら飛んでいった。

その後に続くように、アーシェリアスたちもひんやりと湿った洞窟へと足を踏み入れる。

「ハーピーが教えてくれた幻の食材ってどんなのかしら」

予想以上に暗かったため、松明《たいまつ》に火をつけたザックが「洞窟だからキノコじゃないか」と答えた。

確かにじめっとしたこの環境であればそれもあり得そうだとアーシェリアスが頷く横で、同じく松明を手にしたノアが辺りをオレンジの火で照らしながら「幻ってことは、黄金に輝くキノコとか？　それとも虹色に染まったキノコ？」と想像を膨らませていく。

「虹色って、それ絶対毒キノコだろ」

「可愛らしいんだから毒なんて持ってないのっ」

ふたりの会話を聞き、なんとなくミアのことを思い出したアーシェリアスは苦笑した。

（可愛いけど、毒持ってる感あるなぁ……）

しかし、毒に気付かないアルバートには極上のキノコなのだろう。

もしくは魅了の魔法をかけるキノコかもと、ミアキノコについてひとり妄想していると、前を歩くザックが足を止め、右方向へと松明を動かした。

ぼんやりと灯りに照らされたのは、でこぼこした石の壁と……地面をぬめぬめと這うゲル状の魔物。

「スライムか」

薄いブルーを混ぜた透明な生き物は、特に人に興味がないのか襲ってくる気配はない。

ノアも特別警戒する様子もなく、「あの子は大丈夫だと思う」と口にした。

「ああいう感じの魔物の心もわかるの？」

「なんとなくだけどね。でも、動物っぽかったり人型だったりする子たちよりかは伝わってきにくいかなぁ」

ノアの説明に、アーシェリアスはなるほどと相槌《あいづち》を打つ。

確かに、昨日のハーピーとは、ノアははっきりと会話をしていた。

もちろんハーピーは言葉ではなく鳥が囀《さえず》るのと同じ声であったが、ノアの言葉を理解しているようで、ノアが話しかけると反応を返すという姿を見ている。

魔物は人間の言葉がわかるのか。それともノアの言葉をノアと同じように心で理解しているのか。

今度じっくり聞いてみたいなと思い、現れた二匹目のスライムの様子を窺った。

こちらも敵意はないらしく、そうとわかると構えなくていいのでアーシェリアスの心にも余裕ができる。

（よく見るとジュレみたいでちょっと美味しそう）

お腹が空いてきたアーシェリアスは、今度デザートにジュレを作ろうと決め、幻の食材を求めて洞窟の奥へと進んでいく。

途中、幅が狭い箇所があったり、天井が低くザックが頭をぶつけるアクシデントはあったが、幸い、祈りの洞窟内は特に入り組んだ構造にはなっていない。魔物もこちらが手を出さなければ襲ってこないタイプばかりで、順調に最深部へと到達できた。

「ここだけやけに広いのね」

籠を端に置いて、ゆっくりと歩きながら周りを見渡す。

ここに至るまでの道も狭くはなかったが、最深部は殊更広い。天井も高く、なにより松明が必要ないほど明るかった。

その理由は、崩れた天井から陽が差し込んでいるからだ。見上げると青い空が見える。登ることは叶いそうにない高さだが、日の光があるというだけで視界も広がり気分は明るくなった。

「ねぇっ、アーシェ！　ここにキノコあるけど幻のキノコかな？」

「どれっ⁉」

いよいよ幻の食材とご対面できるのかと、ノアのしゃがむ場所へ一歩踏み出した時だった。

ふと、不自然に影が差して、アーシェリアスはもう一度空を仰いだ。同時に、ビー玉のような紫色の瞳がこぼれんばかりに丸くなる。

「あ……ザ、ザック……ちょ、あれ、あれ」

震えながらも指差すアーシェリアスに、ザックがなにごとかと視線を上げた先にいたのは、ひとつ目の巨人、サイクロプスだった。

巨人といっても十メートルもあるような巨人ではなく、個体差はあるものの三メートルほどの体長だ。しかし、人よりは皆大きく、体もがっしりとしている。力もあり、大きなこぶしで殴られた者は吹き飛ばされてしまうほどだ。

そんな魔物のぎょろりと動く大きな目が、アーシェリアスとザックの様子を交互に覗き見ている。

「……ノア、あいつの心は読めるか？」

サイクロプスから目を離すことなくノアに訊ねたザック。

その直後、サイクロプスが興奮したように頭を振り始めた。さながらライブでヘッドバンキングをかます観客の如く。

「あの子、めっちゃ喜んでる」

「なにをだ」

「人間を食べられるって」

ノアが答えた次の瞬間、頭を振りすぎて目が回ったのか、バランスを崩したサイクロプスが地面に落ちてきた。

慌てて下がり、サイクロプスとの距離を取る一行。

ザックはすでに剣を鞘から抜いており、立ち上がるサイクロプスの動向を注視する。

あまりの大きさにノアが、「に、逃げるが勝ちじゃない？」と踵《かかと》を引いたのだが、そうはさせまいというようにサイクロプスが雄たけびをあげた。

「やるしかないか」とザックが松明を地面に放り、アーシェリアスは戸惑う。

「こんな大きいのどうやって倒すの⁉　作戦は⁉」

もしかしたらサイクロプスに勝利できる策があるのかと期待して隣に立つザックに問いかけたのだが……。

「命を大事に、だ！」

「それどっかで聞いたことあるやつ！」

ドラ〇エを知らないはずのザックが口にしたのは偶然か。

確かに、命を大事にしていれば死ぬことはないのでありはありだが、無策に戦うのはあまりにもやばそうな相手で、アーシェリアスは走り出したザックをハラハラしながら見守る。

（私にもできることをしないと……！）

サイクロプスの身長は高い。アーシェリアスの二倍以上は間違いなくある。

カプロスの時のように小麦粉で目くらましをし、強靭な太い足をザックが切りつけたとしても致命傷にはならず居場所はバレてしまうだろう。

なにより足を払おうものなら空気中の小麦粉も散らされてしまう。

だとすれば、狙うは目ではなく鼻。

もうひとつのアレを使って勝負するしかないと、アーシェは肩から下がる鞄に手を突っ込んだ。

「ノアちゃん！　シーゾーをよろしくね！　あと、ハンカチで鼻と口をガードしておいて！」

「鼻と口⁉　アーシェってばなにする気⁉」

シーゾーを守るように腕に抱えたノアが、急いでポケットからハンカチを取り出した。

アーシェリアスはノアに答えることはできなかったが、ザックへと声を張り上げる。

「ザック！　少し離れて！　それと、口元を隠して吸わないように気をつけて！」

なにを、とザックは訊ねることはなかった。アーシェリアスがすでに小袋を取り出しているのが視界に入ったからだ。

自分の役割はアーシェが作ってくれたチャンスを最大限に活用することと心得て、腕で口元を覆う。

そうして、小袋がアーシェリアスの手を離れてサイクロプスの頭にぶつかると、黒い粉が散乱した。

　その途端、サイクロプスは目をつぶり痛みにもがいたかと思えば、大きく口を開けて……。

「ぶえええええっぐじょぉぉぉん！！」

　大地を揺るがすようなくしゃみをかました。

　空気が震える中、アーシェリアスが「スパイス爆弾が決まったわ！」と喜びの声をあげたが、サイクロプスが連発するくしゃみの声量が大きすぎてかき消される。

　しかし、ザックもノアもそれがコショウであることは理解していた。

　サイクロプスは止まらないくしゃみのせいで人間を食べるどころではない状態だ。

　そして、今が攻撃のチャンスではあるのだが、サイクロプスがくしゃみをしながら暴れるのでなかなか深手を負わせることができず、ザックは足を切りつけるのがやっとの状態だった。

　巨人サイクロプスが相手ではさすがに厳しい。

　しかし、やるしかないとザックが決意し、瞳にその意思を込めた時だ。

「このぉ俺にぃぃぃ！　おぉ任せをー！」

　サイクロプスのくしゃみにも劣らない声量で背後から飛び込んできた姿に、ザックもアーシェリアスも目を見張る。

ファーレンの騎士の鎧を纏い、赤と黒の髪をなびかせ、勇猛にサイクロプスへと突進するのは、アーシェリアスが昨夜、酒場で出会った男。

「なっ⁉　どうしてマンゴー中毒騎士がここに⁉」

「なにそのダッサイふたつ名！」

アーシェリアスが驚愕しながら発したネーミングにノアが思わず突っ込む。

しかし、驚くのは騎士の登場だけではない。

「アイザック様！　ぶちかましてやってくださいっ！」

華麗にサイクロプスの膝裏を切りつけ、膝をつかせた騎士がザックにとどめを促したのだ。

名は少し違ったが、確かにザックに向けて言ったのを、アーシェリアスもノアもしっかりと見聞きした。

しかし知り合いなのかと訊ねる暇などないのは承知している。

そして、もうひとつの名を呼ばれたザックも、心中で舌打ちしながらも今は為すべきことをと走り、岩に駆け上って跳躍するとそのままの勢いで、膝をつき四つん這いになったサイクロプスの心臓を背中から貫いた。

数秒、制止したサイクロプスはそのままドウッと地面に倒れ動かなくなる。

アーシェリアスがそろりそろりと近づくと、ザックはサイクロプスの背から剣を抜いた。

「安心しろ。もう動かない」

剣を通して鼓動が消えたのを確認したザックが伝えると、アーシェリアスは疲労困憊といった様子でへなへなとしゃがみ込んだ。

「爆弾投げただけなのに、すっごい疲れた……」

カプロスの時も疲れはしたが、緊張感は今回の方が何倍も上だった。

「大丈夫か、マンゴーレディ」

手を差し伸べられ、素直に応じるアーシェリアスの後ろで、またしてもノアが「マンゴーレディってなに」とダサいあだ名にドン引きする。

「ありがとうございます。あなたはザックの知り合いだったんですね」

頭を下げてから「驚きました」と口にしたアーシェリアスに、騎士は誇らしげに鼻で笑った。

「俺はアイザック様の護衛だ。知り合いなんて軽い関係ではない」

「エヴァン！　余計なことは言うな」

「余計なことではありません！　これは俺にとって名誉あることです！」

「そうじゃない。俺の話だ。あと声がでかい。宿場町からずっとつけてたのはお前だな」

「やはり気付かれてましたか。俺もまだまだですね」

なにやらわけありな様子のザックに、アーシェリアスとノアは顔を見合わせる。

エヴァンと呼ばれた騎士はザックをアイザック様と呼んでいる。そして、護衛だと語った。

ファーレンの騎士が護衛につくということは、かなり爵位の高い貴族の息子である可能性が濃厚だ……と、そこまで考えて、ザックが父を説得した時のことを思い出す。

（あの時、もしかしたらザックが身分を明かしたんじゃ……）

しかし、身分を明かしたとしてもアルバートとの婚約も難なく解消できるような地位の家系なんてそうそうない。

（王子様でもあれば可能だろうけど）

その考えに至った時、まさかと自嘲気味な笑みを浮かべた。

アイザックという名で王子であれば、思い当たる人物がいるからだ。

顔を見たことはないため、皆からミステリアス王子と呼ばれている第二王妃のひとり息子。

ファーレン王国第四王子、アイザック・ジェセ・ファーレン。

気付いてしまえば問わずにはいられず口を開く。

「ザック、もしかして第四王子様なの？」

そんなわけがないと返ってくるはずだと確信が持てないのは、すべての辻褄が合うからだ。

ザックが自由を願っていた話も、アーシェリアスの父を説得できたことも、なんの弊害もなくアルバートとの婚約破棄が叶ったことも。

問われたザックの瞳が戸惑いに揺れる。

すぐに否定しないことで、答えは決まったも同然だった。

答えたくないのなら仕方がない。答えられない理由があるのかもしれない。

そう考えて、話題を幻の食材へと切り替えるつもりだったのだが、エヴァンがハッハと大きな声で笑った。

「もしかしてではなく、王子だ！　アイザック様はどこから見てもファーレンの高貴な王子だろう！」

「だから余計なことを言うなと言っただろ！」

さらりとバラしたエヴァンの頭を鞘で叩いて声を荒らげるザックの反応に、ノアが驚き瞬きを繰り返す。

「えっ、ホントに王子様なの⁉」

「……だとしたら、どうする」

ザックがファーレンの王子だとしたら。

アーシェリアスは逡巡し、ジッと答えを待つザックを見つめた。

「どうもしない……と言ったらいけないかしら。おやきが大好きで、デリカシーがなくて、だけどとても頼りになる私の大切な旅の仲間だって思っていてはダメ？」

王子ならば、関わり方を変えなければいけないのが普通だ。馴れ馴れしく名を呼ぶことなど言語道断。

旅に出ているのには理由があるのだろうが、ザックは自由を求めている。

縛られることを望まないザックに、王族という簡単には外れない足枷《あしかせ》がついていることを意識させたくない気持ちがアーシェリアスにはあった。

なにより、王子だからと変な距離を取らなければいけないのは、すごく寂しいことだと感じた。

「王子だろうがなんだろうが、私の中でザックはザックだわ」

アーシェリアスの言葉に、ザックが嬉しそうにはにかむ。

しかし、王子として扱わないことを快く思わないエヴァンが眉根を寄せた。

「王子ではなく旅の仲間？　ダメに決まっ……」

「いい。それがいい。俺はザックで、アーシェを守ると誓った旅の仲間だ」

「アイザック様！」

「うるさい。エヴァンは少し黙っててくれ。王子はちょっとしたオプションだ」

王子オプションは必要なタイミングで必殺技のように使えばいい。アーシェリアスが自由を勝ち取るため、手助けした時のように。

（あの時、俺は初めて王子でよかったと思えた。アーシェの力になれたことが嬉しかった）

これからもアーシェリアスの力になりたいと願うと、ザックは先ほどから複雑そうな顔で黙りこくっているノアにも確認を取る。

「ノアも、今まで通りに接してくれるか」

「……ひとつだけ確認。ザックがアイザック王子であることで、アーシェやボクが危険にさらされることはない？」

例えば刺客に狙われるとか、はたまたアイザック王子になにかあった時、自分たちに濡れ衣を着せられる展開になるのでは、など。地位が高いほどトラブルの程度も大きくなるのは想像に難くない。ノアが心配するのは当然のことで、ザックは仲間にはできる限り正直でいたいと思い答える。

「王族であれば権力争い等トラブルがないとは言い切れない。過去、今は亡き父の兄君も、毒殺されている。疑いをかけられた従者たちも皆処刑された。だが、そうならないよう最大限の努力をすると約束する」

強さを露わにした瞳で語るザックに、ノアは口を噤《つぐ》み迷う。

信じたい気持ちはあるが、ここで下す判断が間違っていた時、後悔しても遅いのだ。

しかし、アーシェリアスは違った。

「いいよ、約束なんてしないで。もし危険が迫ったとしてもかまわないわ」

言い切ったアーシェリアスの瞳に揺らぎはない。

ノアは正気を疑うかのように眉をひそめた。

「どうして⁉　アーシェは怖くないの？」

「それは怖いよ。痛いのも苦しいのも嫌だわ。でも、今さっきだってザックは一緒に戦ってくれた。私の目的に付き合ってくれて、仲間だと言ってくれてる。仲間なら助け合うのは当然だし、危機だって一緒に乗り越えるものでしょう？」

グッと握りこぶしを作ってアピールするアーシェリアス。

実は、前世で少年誌にハマっていた時期があり、様々な体験を通して育む友情、築く絆《きずな》、共に重ねる努力、成長といった物語に少し憧れていた。

「じゃあ、ボクのためにも乗り越えてくれるの？」

ノアが気弱な声で口にする。

ノアには今までそんなことをしてくれる友人はいなかった。共に乗り越えてくれるのは家族だけ。

友を心から信頼するという感覚がわからず試すように訊ねるノアに、アーシェリアスは即座に頷いた。

「もちろん。ノアちゃんも仲間なんだから」

当然でしょうと微笑むアーシェリアスに、ノアの目頭が熱くなる。

ありがとうと言いたいのに、ひと言でも声を発したら泣いてしまいそうで、頼りない笑みを返すことしかできない。

黙れと命令されていたエヴァンはそのやり取りを静かに見守っていたのだが、こらえきれずに「くぅっ！」と声を漏らした。

「マンゴーレディ……！　君は素晴らしいレディだな！」

「いえ、そんな。でも、ありがとうございます。あと、私の名前はアーシェリアスです」

照れながらも名前の部分だけは訂正したのだが、大きく深呼吸してしんみりしそうになっていた気持ちをリセットしたノアが、スッキリとした顔をザックに向ける。

「よっし。マンゴーレディがいいなら、ボクもいいよ。ていうか、今さら王子とか言われても言葉遣い変えるとかちょっと面倒だしねっ」

「ちょっとノアちゃんまでやめてくれる？」

「ありがとう、ノア。マンゴーレディも、改めてよろしく頼む」

「いや本当にそのあだ名やめて」

ザックまで悪ノリし、アーシェリアスをからかう。

ノアが笑って、ザックが笑みをこぼすと、アーシェリアスもクスクスと肩を揺らした。

エヴァンはザックが楽しそうにしているのを見て、「アイザック様が！　アーサー様以外の者に笑顔を！」と感動し目頭を押さえていた。

端の方でサイクロプスが倒れていることを除けば実に和やかな雰囲気の中、アーシェリアスが目的を思い出す。

「って、私のキノコ！　さっきの戦闘で潰れてたりしてない⁉」

焦るアーシェリアスが辺りを確認すると、シーゾーが短い手を振ってここにあるよとアピールした。

「モーフー！」

「無事！　よかった！」

倒木に重なり合うようにして生えている白いキノコに近づき、松茸《まつたけ》のような香りがするそれを観察していると、背後からエヴァンが覗き込んできた。

「おお、これはトリノタケか」

「なんですかそれ」

「ハーピーが好んで食すというキノコだ。人が食べると体がしびれるらしいぞ」

エヴァンの説明にアーシェリアスたちは「えっ！」と揃って驚愕の声をあげる。

ザックが「なるほど」と続けた。

「ハーピーにしたら特別にうまいキノコというわけか」

「うっそ。それで幻扱い？　ごめんアーシェ、ボクがもっとちゃんと話を聞いておくべきだった……」

ノアが謝罪すると、アーシェリアスが項垂れていた頭を上げる。

「ううん、私も確認しなかったし、ノアちゃんのせいじゃないわ」

力なく笑って「またハズレかぁ」と言いながら立ち、アーシェリアスはみんなを振り返った。

「気が抜けたらお腹空いてきちゃった。お弁当食べましょうか！」

美味しいものを食べて心も体も回復しようと持ちかけると、ザックとノアは賛成する。

「エヴァンさんも一緒にどうですか？　私の作ったものですけど……」

「俺のために作っただと⁉」

そんなことはひと言も口にしていないのだが、エヴァンの脳内ではそのように変換されたようでひとりで照れている。

ザックはまた始まったと言わんばかりの表情で溜め息をつき、ノアも呆れるような視線で眉を寄せた。

「なんなのこの人。頭沸いてるの？」

「だから放置してきたんだ」

ノアの吐いた毒に真実を吐露したザック。

とりあえずゆっくりと食事ができそうなスペースを探そうと、一行は洞窟を戻り始め、その道中、ザックは説明する。

実はザックは王都を出る際、護衛としてエヴァンを連れていた。

これはザックが望んだわけではなく、道中なにかあっては困ると第一王子のアーサーが心配したからだ。

アーサー王子はエヴァンの腕を買っている。

そして、なんだかんだ言いながらもザックがエヴァンとは仲がいいのを知っており、気兼ねなく付き合えるだろうとの人選だった。

だがしかし、エヴァンは騒がしい。喜怒哀楽が豊かで、しかし人の話をしっかり聞かないことが多く勘違いしやすい性格だ。加えて声が大きい。

それでも出発からしばらくは我慢していたのだが、ことあるごとに『王子がこんなものを』『もう少し王子として』と口うるさいので、最初の宿屋に宿泊した後、市場でマンゴーを買い漁るエヴァンを置き去りにしてきたのだ。

「アイザック様とはぐれてしまった俺は必死に捜し、マンゴーレディのおかげでようやく見つけることができたのだ」

「私ですか？」

洞窟の一角、辺りに魔物もいないスペースを見つけた一行は、食事の準備に取りかかる。

アーシェリアスはシートを敷きながらエヴァンに首を傾げた。

「そう。君が厩舎で友人らしき者と会話しているのを偶然耳にした。そこでザックという名が君の口から出たので、もしやと」

ザックという愛称は、アーサー王子も呼んでる。故にエヴァンは、まさかと思いながらも、アーシェリアスの後を追ったのだと話した。

「アーシェ、ランチボックス出していい？」

「ええ、ありがとう」

ノアがバスケットから大きなお弁当箱を取り出してシートの上に置く。

アーシェリアスが木製の食器を皆に配っていると、エヴァンが「マンゴーはあるか？」と訊ねた。

「すみません、マンゴーはないです」

「残念だ。では、次はマンゴーありで頼む」

願い出たエヴァンの言葉に、ザックが目を細める。

「おい待て。次ってなんだ。お前まさか」

「お供しますよ！　次ははぐれたりしません。ご安心を」

得意げに、プレートアーマーの上から胸を叩くエヴァン。

「はぐれたと思ってるみたいだけど。クソポジティブなマンゴー中毒騎士だね」

「そこの少女！　俺の名はマンゴーでなくエヴァン・クラークだ」

「はいはい」と軽く流すノアと、「はいは一回だ」と注意するエヴァン。

ザックは仕方なさそうにアーシェリアスに確認を取る。

「騒がしいのが増えるがいいか？」

「私は大丈夫。賑やかになってきっと旅も楽しくなるし」

言い終えると同時に、アーシェリアスはお弁当箱の蓋を外して「さあ、食べましょう！」と促した。

中身がどんなものか知らなかったエヴァンは、ぎっしりと詰まった変わった料理に目を丸くする。

「なんだ、これは」

エヴァンがパッと見てわかるものは、彩り用に入れたプチトマトとバラン代わりのサニーレタスくらいで、他は見たこともない料理だ。

ザックとノアは一緒におにぎりを作ったのですでに中身を確認はしているものの、興味深げに覗いている。

「まずは、ザックとノアちゃんが一緒に作ってくれたおにぎりから」

どうぞと言いながらみんなにおにぎりを渡すと、エヴァンが首を傾げた。

「この貼りついてる黒いのはなんだ？」

「これは焼き海苔といって、食用の海藻を加工して作ったものなんです」

「海藻がこんな風になるのか」

ファーレンでは海藻を食べるという習慣はない。食べられることは知っているが、見た目から美味しそうに見えないので進んで食べる者はあまりいないのだ。

故に、食卓にあがることもあまりないのが現状で、エヴァンも訝し気におにぎりを眺めている。

しかし、ザックは別だ。アーシェリアスが作る料理は変わっているが、食べてみると美味しいというのを知っているので、ためらうことなくパクリとかじりついた。

「んむ……うん……んまい。握る時につけた塩が米の甘味を引き立ててる気がする」

「海苔はどう？」

「磯の香りがするけど、うまみがあるし嫌じゃないな。米に合う」

そう言ってもうひと口と口を開ける横で、ノアもおにぎりを味わい飲み込んだ。

「本当美味しい！　ライスバーガーも美味しかったけど、これは優しい味でまた好きだなぁ」

もぐもぐと舌鼓《したつづみ》を打つふたりの様子を見て、最初は警戒していたエヴァンも「では自分も」と食べ始め……次の瞬間、カッと目を見開く。

「けしからんうまさだ！　米とはこんなにもうまいものだったのか」

「どんな素材も、調理の仕方と愛情で美味しくなるんですよ」

エヴァンにも気に入ってもらえて安心したアーシェリアスは、ザックの握った不恰好なおにぎりを手に取る。

「それはうまくできていないから俺が自分で食べる」

寄こせと手を差し出したザックだったが、アーシェリアスは首を横に振った。

「料理は形じゃなくて心だって、私の母がよく言っていたの。ザックが一生懸命作ったおにぎり、食べさせて」

アーシェリアスは微笑んで言うと、ザックが苦戦して握ったおにぎりをかじった。

お米の旨味と海苔の香ばしさが噛むたびに口の中に広がる。

前世ではよく莉亜も食べていたし、小料理屋でもなにげに注文も多かったおにぎり。

コンビニやスーパーでは、様々な種類のおにぎりが売っていたのを思い出しながら飲み込む。

「うん、美味しい。塩加減もバッチリだよ、ザック」

「そ、そうか。よかった」

不安そうに見守っていたザックは、褒められてほんのり頬を赤く染め、胸を撫で下ろした。

その横で、ふたつ目のおにぎりを手に取ったエヴァン。

気に入ってもらえたのを嬉しく思い、アーシェリアスが「この中に具を入れても美味しいんですよ」と話すと、エヴァンは「例えば？」と首を傾げた。

「えっと、鮭や梅干し、おかかに佃煮、ツナマヨや……あ、この唐揚げも！」

アーシェリアスの説明に、ザックが「おか……つく？」と頭に疑問符を浮かべる。

細かいことはスルーしたエヴァンは、フォークをレモンの添えられた唐揚げに刺した。

「これをおにぎりに入れるのか？」

「はい、今回は別々になっちゃいますけど、よかったら食べてみてください」

「唐揚げ……これは肉か？」

「そうです。鶏肉に片栗粉で衣をつけて油で揚げたものです」

ファーレンで鶏肉の調理法といえば、煮るか焼くかだ。揚げ物といえば魚という印象が強く、肉を揚げるのかと不思議そうにしながら唐揚げを口元へ運ぶ。

そうして、ひと口噛むと口内にじゅわっと広がる肉汁に、エヴァンは先ほどとまったく同じように「けしからんうまさだ！」と感動を伝えた。

「外はサクッとしているが、プリッとした肉から溢れる肉汁がジューシーでいい！」

醤油ベースの下味がしっかりと染み込んだ唐揚げをエヴァンはいたく気に入り、おにぎりと交互に食べる。

タンパク質がしっかりとれる肉は騎士であるエヴァンには欠かせない食材だ。

そして、同じくタンパク質を含む食材で、今回のお弁当に入っているのは卵焼き。

ハート形に組み合わせた卵焼きを今まさに食べたノアは、とろけそうな顔で頬を押さえた。

「なにこれ甘い〜！」

普段はバターで炒めたスクランブルエッグや野菜入りのオムレツを食べているノアは、砂糖とみりん、塩を加えた厚焼き玉子の味にほっぺが落ちそうだと喜ぶ。

ふわふわとした食感もお気に入りとのことで、アーシェリアスが「たくさん食べてね」と言うと、ノアが「アーシェは料理の天才だね」とべた褒めした。

日本ではありきたりな食事なのだが、アーシェリアスは素直に嬉しく思い、「ありがとう」と笑みをこぼす。

まろやかな味わいのポテトサラダも三人に好評で、そこにシーゾーも加わればあっという間にランチボックスは空になった。

アーシェリアスのお弁当で体力が回復した一行は、再びホロ馬車に乗り込む。

新しく加わったエヴァンが、ノアとホロの下でなにやら騒がしい会話を繰り広げるのを耳にしながら、アーシェリアスは苦笑し、ザックは溜め息をつくと手綱を引いて次の目的地を目指した。

第三幕

助太刀します！　ひんやりソフトの厚焼きパンケーキ

祈りの洞窟は五百年以上前にその名がつけられたのだと教えてくれたのは、ザックと馬車の操縦を交代したエヴァンだ。

今でこそ魔物の巣窟になっているが、当時はとある部族の棲家だったらしい。

その部族が崇《あが》める神は死者の魂を食らう女神で、部族にとっては死んだ者の魂が女神に食われることで綺麗に浄化され天へと還れると信じられていたそうだ。

サイクロプスと戦った広い空間が、儀式や祈りを捧げる部屋だったが、いつしかその部族は滅び、代わりに魔物が蔓延《はびこ》るようになったと。

「エヴァンさん、博識なんですね」

エスディオを目指し次の宿場町に向かう道中、アーシェリアスは雲ひとつない青空の下でエヴァンの横顔に話しかけた。

「まあ、騎士になるにはひと通りの教養も必要だからな。それに、アイザック様と城を出る前はエスディオに派遣されていた時期もある。学者たちと話す機会も多かったし、そういった話は自然と耳にしていた」

「じゃあ、幻の料理の話とかは聞いたことありますか？」

「幻の料理……その噂は聞いたことがないな」

エヴァンは視線をまっすぐに延びる街道に向けたまま答える。

「もしかしてエスディオにも情報がないのかしら。修道院図書室で文献とか見つかるといいんだけど……」

エスディオの中心部、小高い丘の上に建つ修道院には、王都の王立図書館よりも広く美しい図書室があり、大陸中から集められた本が天井までぎっしりと並べられている。貴重なものも多いので、その中に幻の料理について書かれたものがあるかもしれないと、アーシェリアスは期待していた。

しかし、エヴァンの話を聞いて、もしかしたら不発に終わるのではと不安になり、眉根を寄せる。

その様子をホロの下で見ていたノアが、明るい声を張った。

「アーシェ、あんまり考えすぎてもよくないよ？　ちょっとリフレッシュしよ！」

提案するノアに、腕を組んで目を閉じていたザックが瞼を持ち上げる。

「リフレッシュって、なにでリフレッシュするんだ？」

街道には気晴らしになるようなものはなにもない。宿場町に到着するまで、まだ数時間はかかる。

「カリドに行くの！　そこで温泉に浸かりながら旅の疲れを癒すプランはどう？」

この先に、二又に分かれる道がある。そのまま直進すれば宿場町だが、左へ曲がると温泉地カリドがあるのだ。

「温泉！　それすっごく素敵だわ！」

カリドの温泉にはいつか行きたいという願望が以前からあったアーシェリアス。

推しキャラの兄レオナルドは、二年ほど前に訪れたことがあるらしく、とてもいい宿があると聞いていた。

(確か、貸し切りにできる露天風呂があるのよね)

部屋に空きがあるかはわからないが、カリドに行くのなら、まずはそこを訪ねてみようと頭の中で計画を練っていく。

アーシェリアスのテンションが高くなったのを見て、ザックが「行くのか？」と問いかけた。

「もしザックとエヴァンさんが嫌じゃなければ、ノアちゃんのアドバイス通り、ちょっとリフレッシュしてもいい？」

「アーシェが行きたいなら俺はかまわない」

「俺は、アイザック様がいいなら異存はないぞ」

「んじゃ、決まりだねっ」

ノアが笑顔で拍手し小首を傾げると、アーシェリアスも喜び笑みをこぼす。

「ありがとう、みんな」

感謝を述べてアーシェリアスは前を向き、心を弾ませながらカリドへと進んだ。

温泉はもちろん楽しみだけれど、温泉地でしか巡り合えない料理があるかもしれないという期待を胸に。


カリドは〝聖なる森〟と呼ばれる魔物が寄りつかない森林に囲まれている。

豊かな自然に空気も澄み、避暑地としても人気の高い温泉地だ。

雪が融け、冬から春へと気候が穏やかになる今くらいから繁忙期を迎えるらしく、カリドに到着した一行は、厩舎に馬車を預けるところから早速その洗礼を受けた。

「たっか！　厩舎に一泊預けるだけで五千ゴールドもするなんてあり得ないでしょっ」

相場以上の金額を支払わされ少々ご立腹のノアに、エヴァンは「王都ではもっとかかる厩舎もあるぞ」と語る。

「そりゃあ貴族様方が使う厩舎だしぃ？　設備のいい厩舎で高級な餌とか食べさせて

るからだろうけどぉ？　温泉はさ、湯治とかで遥々遠い地から来る人たちもいるんだから、いっくら繁忙期でも値段は上げちゃいけないと思うんだボクは！」

ここは王立警備隊の駐屯地が近いので、怪我の治療や疲労を癒しに来る騎士や兵も多いのにと、カリドの町長に物申す勢いで意見を述べるノアだが、財布の紐が固いのには理由があった。

実はノアの母は金遣いが荒いのだ。

貯金をするということができず、酒場で働いた給金もあればすぐに使ってしまう。なので、物心つくようになってからはノアが家のお金を管理していた。

旅に出る前にも、母に『帰ってきた時に無駄遣いしてたら、ボクはまた旅に出て二度と戻らないからね』と釘を刺したほど。

その様子を思い出しながらアーシェリアスは苦笑する。

（まぁ、シュタイルや宿場町の厩舎に比べたら倍の金額だものね）

カリドの宿に泊まれば厩舎の利用料がいくらか安くなることもあるとはいえ、できれば値上げしてほしくないというのはアーシェリアスも同じ気持ちだ。

そして、お金は油断しているとあっという間に誰かの懐へ移動し戻ってこないことも前世で経験済みのため、ノアのお金に対する堅実さを好ましく思っている。

（宿代はどれくらいになるかな……）

今のところまだアーシェリアスの持ち金に余裕はあるが、無限に湧き出るわけではない。食料に関してはシーゾーが援助してくれているものの、正直それでは足りないので節約は必要になってくる。

（屋台みたいに作った料理を売ったりして足しにしないとダメかな）

調理機器はそれなりに揃っているのだ。アーシェリアスがいざとなればその方法でいこうと決心すると、隣に立つザックが辺りを見渡す。

「ところで宿はどうするんだ。この分だと空きがない可能性もあるぞ」

厩舎も馬でいっぱいだったが、そうなれば当然人の数も多い。食べ物屋やお土産屋が並ぶ温泉街を行き交う人波を眺めてから、アーシェリアスは皆を見た。

「ひとつ、訪ねてみたい宿があるの。特に希望がなければ、まずそこが空いているか確認しに行ってもいい？」

問いかけると、特に皆からの反対はなく、アーシェリアスは兄が宿泊したという宿『ゆらたま亭』を探し、行き交う人波を縫うように温泉街を進んだ。

ゆらたま亭の看板を最初に見つけたのはザックだった。

メインの大通りから脇道に入り、階段を上った先に建つ古く趣のある宿。兄レオナルドから聞いていた通り、落ち着いた雰囲気でゆっくりと温泉を楽しむにはよさそうだ。

アーシェリアスはさっそく扉に手をかけると、エントランスへ足を踏み入れる。

「まぁまぁ、いらっしゃいませ！」

嬉しそうに一行を出迎えたのは、ふっくらとした体つきをして柔らかい微笑みを浮かべた女性だ。年の頃は五十くらいだろうか。

女性は目尻の皺を深めて「ご宿泊ですか？」と訊ねた。

「はい。二部屋、空きはありますか？」

「ええ、空いております。広いお部屋もあるので、よかったらそちらへどうぞ。お代は普通のお部屋と同じでいいので」

「えっ、でもそれは申し訳ないです」

「いいんですよ。最近はお客様が減ってしまって、今日もあなた方の他に二組だけですので」

どうやら女性はこの宿の女将《おかみ》らしく、エントランスにいた従業員に部屋の用意をするように伝える。

「そうなんですか？　二年ほど前、兄が訪れた際は空きが一部屋だけだったと……」

人気の宿で、運よく空いていたと語っていたレオナルドの姿を思い浮かべていると、女性は頬に手を当て弱々しく眉を寄せる。

「ええ、その頃はおかげさまで繁盛していました。けれど、昨年末、向かいに大きなお宿が建ってからというもの、お客様はみんなあちらへ」

言われて、確かに道を挟んだ目の前に、貴族屋敷のような立派な建物があったことを思い出した。大きな看板を掲げた『愛染《あいぞめ》の湯』というその宿はすぐに目についたけれど、ゆらたま亭はその陰に埋もれてしまってあまり目立たない印象だ。

「うちのように古い宿はもう時代遅れなのかしらね」

ふふふと笑う女将にあまり覇気《はき》はない。

空元気なのがわかって、アーシェリアスは頭をゆっくり振った。

「そんな……兄はとてもいい宿だったと言ってました。だからこうして私たちも訪れたんです」

伝えると、女将は瞳を潤ませ「ありがとうございます」とお辞儀をする。

「辛気臭い話をしてしまってごめんなさいね。こうして、訪れてくださる方々を大切に、私たちはおもてなしさせていただきますね。さぁ、お部屋にご案内します」

従業員から部屋の鍵を受け取った女将は「こちらです」と廊下を進み案内をした。

そして、ザックとエヴァンとは男女で部屋を分かれ、アーシェリアスは荷物を置くとふよふよと部屋を飛び回るシーゾーを見ながらベッドに腰かける。

「向かいの宿は、なにがいいのかしら？　温泉が広いとか？」

「あっ、それならボク、いいの持ってるよ」

「ジャーン！」と効果音を口にし笑みを浮かべたノアから手渡されたのは、カリド温泉地のパンフレットだ。宿だけでなく、飲食店や雑貨屋など、様々な情報が掲載されている。

「ノアちゃんいつの間に！」

「この宿のカウンターにあったんだ」

無料のパンフレットらしく、どうやらアーシェリアスが女将と話している間に手に入れたようだ。

広げたパンフレットにはマップが載っていて、アーシェリアスは各宿の名前に目を走らせる。

敷地の広い愛染の湯はすぐに見つかり、宿名の下に書かれた紹介文を読み上げた。

「えっと……〝広い温泉で癒されるのはもちろんのこと、踊り子や魔術師のショー、さらにはカジノまで！　満足すること間違いなし！〟か……」

温泉による癒しだけでなく、娯楽も提供する。まして新しく綺麗な宿となれば、温泉地に訪れた人々は興味を持ち、泊まってみようと足を運ぶのは理解できる流れだ。まだ繁忙期に入ったばかりだし、愛染の湯は物珍しさで賑わっているだけで、落ち着いたらゆらたま亭の宿泊客が増えるのかもしれない。

部屋も見渡す限り清潔で、先ほど部屋へ案内がてら場所を説明してもらった風呂も、チラッと覗いただけだが特に悪い点は見当たらなかった。

ゆらたま亭の落ち度で客足が遠のいているわけではなさそうだと思案しつつ、アーシェリアスはパンフレットをそっと閉じる。

（前世だったらＳＮＳの口コミで人気に火がつきそうだけど、ファレ乙の世界ではそんな便利なものないしなぁ……）

王都新聞なるものは毎月発行されているが、広告を掲載するにはかなりの金額がかかるので、女将にお勧めしにくい。

「なにかできることはないかな……」

女将が苦労しているであろうと想像すると、どうしても前世のことが頭に浮かぶ。

莉亜の母の小料理屋も、決して儲かっているわけではなかった。贅沢をしなければ日々の生活を送れる程度の収入だ。

それでも、莉亜の母はかまわないようだった。お金よりも笑顔だと言って、客を料理でもてなしていたのだ。

莉亜の母と、アーシェリアスの母。そして、ゆらたま亭の女将。

共通するのはもてなしを通して伝える愛情だ。

アーシェリアスはもう一度、パンフレットを開いてマップの愛染の湯に視線を落とす。

（ゆらたま亭の未来を阻む愛染の湯……。なんか、あいつに思えてきたわ）

莉亜を騙した男の姿は、今ではもうなんとなくしか思い出せないが、傷ついた痛みは消えていない。

ゆらたま亭がどうにか一矢報いることができないかと考えていたら、荷物を整理していたノアが「ブリーランの酒場みたいに、この宿にも売りになるものがあるといいのにね」とこぼした。

直後、アーシェリアスの瞳が大きく見開かれる。

「それよ！　料理で集客！　この宿でしか食べられないものを売りにして少しでも客数を伸ばせるか試すのはどうかな⁉」

「えー？　それだとアーシェがここで働かないとダメじゃん？　ボク、アーシェと旅がしたいのにー」

「私だって、幻の料理を諦めるつもりはないわ。それに、私がここで働かなくても、レシピを教えれば大丈夫！」

ゆらたまで働くコックに作り方を教えれば、自分がいなくとも今後もお客様に提供は可能だ。

ノアはアーシェリアスの言葉に「なるほど！」と手を打った。

「ボクにも手伝えることはある？」

「ええ！　でもまずは女将さんに交渉ね！」

どうか女将が前向きに考えてくれたらいいと願い、アーシェリアスはノアと共にエントランスへ急いだ。そして、壺を磨く女将を見つけると、さっそく声をかける。

「あの、差し出がましいのは承知なのですが、もしよかったらお客様が増えるように協力させてくれませんか？」

「えぇっ？　それは嬉しい申し出ですけれど、一体どうやって？」

「ここでしか食べられないデザートを売りにしてみてはどうかと思うんです」

厨房をお借りできれば、お手伝いしますと話したアーシェリアスの頭には、すでにひとつのデザート案が浮かんでいる。

ファーレンの人々には馴染みがありつつ、けれど少し新しいものを混ぜるつもりだ。

「デザート、ですか？」

「はい！　宿泊者にはチケットを配って無料でご提供。食事処では数量限定で販売！　温泉を楽しんだお客様にもひんやり美味しい、ソフトクリームと餡子《あんこ》を使ったパンケーキです」

「そふとくりいむとあんこ？」

女将は、聞いたこともない名前に首を傾げる。それは隣に立つノアも同様だった。

「ソフトクリームは滑らかなミルクのアイスで、餡子はあずきを使ったものです」

説明しても想像がつかないようなので、まずは作ってみるから完成したものを味見して、それから決めてもらってもいいかとアーシェリアスは交渉する。

「とてもありがたいですが……いいんですか？」

旅の疲れをゆっくり癒してもらうべきのところ、手を煩わせてしまって申し訳ないと眉を下げる女将に、アーシェリアスが「そんなことはかまわず、ぜひお手伝いさせてください」と微笑んだ。

「では、お言葉に甘えさせていただきます」

「よかった！　じゃあ、必要な食材を集めてきますね！」

笑顔で告げて、アーシェリアスは部屋で寛いでいたザックとエヴァンに状況を説明し、食材集めの手伝いをお願いする。

そうして、一時間後――。

「これで全部だと思うが、確認してくれ」

十分な広さのあるゆらたま亭の厨房で、アーシェリアスはザックたちから食材を受け取った。

「ありがとう、みんな。足りないものは……うん、大丈夫。それじゃあ、ウルバーノさん、ティーノさん、よろしくお願いします」

アーシェリアスが軽くお辞儀をしてサポートを頼むのは、このゆらたま亭のオーナー兼コックのウルバーノとその息子ティーノだ。ティーノはまだ修業中らしく、アーシェリアスがなにを作るのか興味津々な瞳で頷いた。

「頑張るよ。アーシェリアスさん、どうぞよろしく」

笑みを浮かべてアーシェリアスの手を両手で包むように握手をするティーノ。

紳士というにはどこか色気のある手つきに、軽く腕を組んで見守っているザックの眉がピクリと動いた。

アーシェリアスが「こちらこそ」と答えると、オーナーのウルバーノも「よろしく頼む」と太い声で言い、がっしりと握手を交わす。

「では、まずは黒蜜と餡子を作っていきますね。黒蜜はティーノさん、餡子はウルバーノさんでお願いします」

説明しながら、アーシェリアスはまず黒砂糖を入れた小鍋を手にし、コンロの前に立つ。

「ティーノさん、この黒糖と同じ量のお水を鍋に入れて、中火より少し弱めの火力で煮てください。時間は十五分くらいです」

「ああ、わかった。煮詰めるのかい？」

「あとで冷やすと少し固まるので、ちょっととろみがつけば特に煮詰めなくても大丈夫です」

「了解」

ウインクと共に答え、鍋に水を入れ始めるティーノを見ながら、ザックは「気に入らないな」と誰ともなしにこぼし目を細めた。

幸い、ボヤキは誰にも拾われずに済んだが、ウルバーノに粒あんの作り方を教えているアーシェリアスの横をティーノが通った際、「ちょっとごめんよ」とさりげなくアーシェリアスの腰に触れた時は思わず舌打ちしそうになった。

しかしとどまることができたのは、隣に立って同じく様子を見守るノアが「あのナンパやろう、あとでボコっていいかな？」とイラついた口調で呟いたからだ。

ザックは「やめておけ」と窘めたが、あまりアーシェリアスにちょっかいを出すのならなにかしら動こうとひっそり心に誓う。

その際、隣であくびをしているエヴァンに邪魔されないようにしなければと留意しているうちに、ウルバーノはアーシェリアスの指示に従い、茹でたあずきに砂糖と塩を入れて煮始めた。

このあずきはゆらたま亭にあったものだ。サラダやスープ用にと茹でておいたものとのことで、許可をもらい使わせてもらっている。

「水分がなくなるまでヘラで混ぜててくださいね」

「これで餡子とやらになるのか」

「そうです。甘くてとても美味しいんですよ」

アーシェリアスの言葉にザックはあずきのおやきを思い出し、小さくお腹を鳴らした。

ウルバーノとティーノが鍋の前に立っている間に、アーシェリアスは購入してきた栗を剥き、鍋にひたひたの水を入れて十分ほど煮たところで、砂糖、塩を加えると少し水を追加してから甘く煮ていく。

「この栗の甘煮は小さくカットして餡子と混ぜます」

焦がさないように気をつけながら弱火で煮ることさらに十分。火を止めて、そのまま粗熱を取ってから細かく刻むと、ウルバーノが作った餡子に混ぜた。

厨房には餡や蜜の甘い香りが漂っており、仕事の合間に様子を見に来た女将が「とってもいい匂いね」と声を弾ませる。

「次はソフトクリームを作りますね。材料は生クリームと牛乳、粉ゼラチンに砂糖とバニラエッセンスです」

ファレ乙の世界は食文化は中世ヨーロッパに近いものがあり、イベントなどでミアがババロアやケーキといったデザートを差し入れするシーンがある。その影響か、それらの材料は普通に市場や酒場で売られているのだ。

(粉ゼラチンとかすっごくありがたいのよね)

ファレ乙の制作者やシナリオライターに感謝しつつ、ソフトクリームの作り方をレクチャーしていくアーシェリアス。

アーシェリアスに餡や黒蜜、ソフトクリームの作り方を教えたのはもちろん前世の母で、そちらにも心の中で懐かしさと切なさを感じながら礼を述べる。

「ソフトクリームはアイスクリームよりも柔らかいのが特徴のアイスなんです」

ウルバーノが温めた牛乳にゼラチンを入れて溶かし、さらに砂糖を入れる。

ティーノは宿の裏手にある氷室から氷を運んでくると、それを大きめのボウルに入れて塩を投入した。こうすることで、温度をさらに下げることができるのだ。

「ウルバーノさん、砂糖が綺麗に溶けたら、金属のボウルに移し替えてください」

指示通りにウルバーノがボウルに牛乳を移し、アーシェリアスはそこに生クリームと牛乳、バニラエッセンスを入れて混ぜる。

「このソフトクリーム液を、泡立て器でかき混ぜながら冷やしていくんです」

そう言って、氷の入った大きなボールに液の入ったボールを当てかき混ぜていると、ティーノが「それなら僕がやるよ。こういうのは地味に疲れるだろ？」とアーシェリアスの手からボウルと泡立て器をそっと奪った。

「あ、ありがとうございます」

その様子に、ウルバーノは肩をすくめて、「ったく、また客を口説くつもりか」とこぼしてから、アーシェリアスに指示を仰ぎ小さめの厚いパンケーキを焼き始める。

パンケーキはファーレンではメジャーなのでウルバーノも何度か作ったことがあり、

特にアーシェリアスがアドバイスすることもなく焼き上がった。

ソフトクリームは氷が溶けたら水を捨て、また氷と塩を足しながら冷やすこと二十分。泡立て器が重くなってきて、しっかりと固まってきたら、星の形をした口金の絞り袋に入れる。

「お疲れさまでした！　あとはデコレーションするだけです！」

まずは手本を見せてとティーノに言われ、アーシェリアスは皿にパンケーキを一枚置くと、最初に栗を混ぜた餡子を少しはみ出るようにのせた。その上にソフトクリームを円を描くように巻きながら絞り出し、最後にてっぺんで角を作る。

エヴァンが「うまいもんだな」と褒めるのが聞こえ、アーシェリアスははにかむと、ソフトクリームのてっぺんから黒蜜をたっぷりとたらす。そこへサクランボとミントを添えて、ソフトクリームに寄りかからせるようにもう一枚パンケーキをのせた。

「はい、〝ひんやりソフトの厚焼きパンケーキ〟の完成です！」

アーシェリアスが命名すると、ノアが「食べたーい！」と拍手する。

ウルバーノとティーノも同じように完成させ、数名の従業員を集めていよいよ皆で試食タイムとなった。

「いただきます！」

皆の声が重なり、それぞれ餡子やソフトクリームを不思議そうに観察しながらスプーンやフォークを刺す。そして、口に含んだ数秒後。

「んんんっ！　美味しいわ！」

歓喜の第一声は女将からだった。

「このソフトクリームの優しい甘さ、濃厚な黒蜜の絶妙なハーモニー！　こんなに美味しいアイスがあるなんて」

「ああ、いいな。アイスクリームよりも柔らかくて口当たりもいい」

女将に続き、ウルバーノも舌鼓を打ち頷きながら堪能していく。

ちゃっかりアーシェリアスの隣に座るティーノも、色々な組み合わせで試食しながら「これは新しいな」と感嘆の声を漏らした。

「ソフトクリームのミルク感はなんだかほっとするね。黒蜜だけじゃなく、この餡子とも相性がよくて僕は好きだな」

わざと「好き」の部分でアーシェリアスの顔を覗き込むようにしたティーノだが、アーシェリアスはその意図には気付かず普通に褒められたと受け取り、「気に入ってもらえて嬉しいです」と返す。

アーシェリアスを挟んで反対側の席に座っているザックは、ティーノが相手にされていないことに気をよくしながら、カットしたパンケーキに餡子をのせて頬張った。

「甘い栗もいいな。この栗の餡子、おやきに入れてもうまそうだ」

「あ、それいいね。今度やってみようか！」

アーシェリアスはザックの提案に笑みを見せる。

ティーノに向ける他人行儀の笑みではなく、慣れ親しんだ者に対する心からの笑顔をザックは嬉しく思いながら、口内でさらりと溶ける滑らかなソフトクリームを味わった。

女？ 男？ 動きだす甘い恋模様

試食の結果は、食べている時からほぼ見えていた。

ゆらたま亭の皆から絶賛されたひんやりソフトの厚焼きパンケーキを、宿の看板メニューとして明日からさっそく売り出すこととなり、アーシェリアスは胸を撫で下ろしながらも喜んだ。

明日は朝からノアが描いたパンケーキのイラストのチラシを配り、アーシェリアスは厨房で手伝いをすることになっている。

「さぁ、お待ちかねのリフレッシュタイムね！」

夕食を終えた一行は、三つある貸し切り露天風呂のふたつを借りると、男と女に分かれて十畳ほどの広さがある脱衣所に入った。

シーゾーはペットの扱いとなるため、残念ながら部屋でビスケットを食べながらお留守番だ。

アーシェリアスはウキウキしながら籐の籠に手荷物を置いたのだが、なぜかノアは脱衣所の入り口で立ったままひとり唸《うな》っている。

「ノアちゃん、どうしたの？」

「えっとぉ、いいのかなぁっていうか、アーシェと一緒に温泉に入るの恥ずかしいなぁっていうか」

まごまご、もじもじと照れた様子のノアに、アーシェリアスはクスッと笑った。

「確かにちょっと恥ずかしいよね。でも私は大丈夫よ。あ、気になるなら見ないようにするから！」

いくら女同士でも裸を見せることに抵抗があるのは理解できるため、アーシェリアスはノアに背を向けると詰襟の白いリボンを解いていく。

ノアは慌ててアーシェリアスから視線を外すも、気になって時々チラチラと様子を窺った。

しかし、いよいよアーシェリアスがスカートのコルセットを緩め、ブラウスを脱ぎ、背中を露わにすると、自らも背を向ける。

「よ、よし。アーシェが気にしなければボクは嬉しいというか、ちょっと早いけど勝負に出ちゃおうかなっ」

「え？　勝負って？」

「ボクの体を見て、アーシェが意識してくれるかどうかの勝負」

そう言って、ノアはするりするりと胸元の大きなリボンを緩めて取ると、ブラウスのボタンをひとつひとつ外していく。

そんな中、アーシェリアスは、意識するとはどういう意味なのかと思考を巡らせていた。

（ノアちゃんの体になにか特別なことがあるの？）

コンプレックスがあるから見ないでほしいというのならわかるが、意識してくれるかという言葉にどんなことが含まれているのか想像もつかず、アーシェリアスが首を捻り、振り返って意味を問おうとした時だ。

ノアのブラウスの前身頃が開かれ、胸が露わになったのだが……。

「ん？」

そこに、あるべきふたつの膨らみがなく、アーシェリアスはさらに首を傾ける。

自分の胸がどちらかといえば貧相であることはザックにも遠回しに……いや、ある程度わかりやすく言われるほどで承知しているが、それでも膨らみがないわけではない。しかし、目の前のノアにはまったくといっていいほど膨らみは見られないのだ。

そう、まるで男の子のような胸板があるだけ。

「……男、の子？」

自分の心の声に疑問を持ったアーシェリアスが自然と声に出す。

すると、脱いだブラウスを籠に入れたノアがにっこりと微笑んだ。

「正解でーす！　やっと気付いてくれたね、アーシェ。本当は裸見なくても意識して気付いてほしかったけど、ボクって超可愛いししょうがないよね～」

ウフッと両手の人差し指を頬に当てて可愛いこぶるノアだが、アーシェリアスは絶賛混乱中だった。

（えっ？　えーっ？　待って、華奢だし女の子にしか見えないけど、お胸様はぺったんこなわけで。え？　ぺったんこは男の子だけど、ノアちゃんに限っては女の子？あれ、女の子って男の子に進化するんだっけ？）

男女の違いすらわからなくなってきて、性別がいよいよゲシュタルト崩壊しそうになるも、小さく首を振って必死に思考を整理する。

（いやいや、落ち着いて、私。つまり、ぺったんこノアちゃんは女の子じゃなくて男の子……いや、男の娘ってやつ？）

心は女なら別にセーフなのではという考えがよぎるも、すぐにそうでないことを思い出した。

ノアは確か『ボクの体を見て、アーシェが意識してくれるかどうかの勝負』と言っていた。それはすなわち、男として意識するかどうかという話ではないのか。とするならば、心も男性の可能性が高い。

その考えに至った瞬間、ずっとノアを女の子と信じて同室で寝起きしていたことが恥ずかしくなった。

なにより、今、下着姿でノアの前に立っているのを思い出し、顔を真っ赤にする。

「ひ、ひゃあああああ⁉」

悲鳴をあげ、アーシェリアスは慌てて籠に置いてあった白いバスタオルを手繰り寄せ体を隠した。

「アハッ、ごめんね？　もう見ちゃった。あっ、でも、アーシェの嫌がることはするつもりないし、ボクが男だって気付いてくれなかった罰ってことで許してね」

謝罪を口にしたノアだが、悪びれた様子は見られず、それどころか笑みを浮かべて許しをねだられる。

「ば、罰って……」

そもそも、ノアが男だと気付ける者がこの世にどれだけいるだろうか。もしや、ザックやエヴァンは気付いていたのかと自分の鈍さを疑った瞬間、脱衣所と廊下を繋ぐ引き戸がスパァン！と勢いよく開いた。

驚きが立て続けにやってきて対処しきれなくなってきたアーシェリアスと、何事かと目を丸くして背後の扉を振り返るノア。

ふたりの視線の先には、中途半端にボタンが外されたダークグレーのスリムパンツを穿いただけで、ほどよく筋肉のついた逞しい上半身を露わにしたザックがいた。

ザックは険しい顔つきで脱衣所内に視線を走らせる。

「アーシェ！　無事か⁉」

どうやらアーシェリアスの悲鳴を聞いて駆けつけたらしい。

しかし、ノアが男の子だったという事実に加えて、裸のザックが飛び込んできたという目の前の情報量の多さに混乱を極め、アーシェリアスは返事をするどころではない。

ザックの目が異変を探すも原因となるものは見つからず、なにがあったのかを訊ねようと、エメラルドグリーンの瞳をアーシェリアスに向かわせようとしたその時。

「ハレンチガードォォォォッ！」

ザックを追ってきたエヴァンが、アーシェリアスとノアのあられもない姿を見せてはならぬと背後から両手を回しザックの目を塞ぐ。

ギリギリ、ザックの目にタオルで体を隠すアーシェリアスが映ることはなかったが、代わりにエヴァンの瞳はがっつりとその姿を捉えてしまう。

「ぬぁっ⁉」

肩を滑り落ちる肩紐と、タオルでは隠しきれていない白い太もも。羞恥に頬を赤く染めるアーシェリアスの姿に、エヴァンが顔を茹で蛸のようにした直後のこと。鍛え抜かれた体を持つエヴァンの腰に巻かれたタオルがハラリと床に落ちて、一糸纏わぬ姿を晒してしまう。

急いで隠したいが、ザックの目をハレンチガードしているためにどうすることもできないエヴァンはとりあえず大きく息を吸って……。

「いやぁぁぁぁぁぁぁぁっ！」

絶叫したのだった。


——四角い湯口から、温かな湯が絶えず注がれる。

満天の星の下、石積みの露天風呂にひとり浸かるアーシェリアスは、先ほど起きた一連のやり取りを回想し、疲れ切った息を吐き出した。

あの後、場はさらに混乱を極めた。

エヴァンの叫び声がうるさいと、ザックがエヴァンの腹に肘を打ち込み、その痛みに股間を隠すより腹を押さえたエヴァンの手。

ハレンチガードから解放されたザックの視界に最初に映ったのは、上半身になにも纏っていないノアの姿。

『すっ、すまな――ん？』

謝罪の言葉が最後まで紡がれなかったのは、目を逸らす瞬間、違和感に気付いたからだ。

その違和感を確認しようとノアを二度見したザックは、瞳がこぼれんばかりに見開いた。

『お前、男だったのか！』

男である自分と同じく胸の平らなノアが『いやーん、バレた？』と舌を出す。

と、そこでタオルを腰に巻き直したエヴァンがノアを見て驚愕の雄たけびをあげたところで、ザックはようやくアーシェリアスが下着姿であることに気付いて顔を赤く染めた、のだが……。

『いや待て、もしかしてアーシェも男……』

『違うから！　私は女！　もう！　とりあえずみんな出ていって！』

勘違いされそうになり、アーシェリアスが手近にあった籠を掴んで投げると、ザックはそれをサッと避けた。

代わりに、後ろに立っていたエヴァンが顔面に籠の一撃をもらっていたが、ザックはそれにかまわず、ノアの腕を掴んで問答無用で引っ張り、脱衣所から出ていったのだ。

（はぁ……なにがなんだか）

再び吐き出された息に、立ち上る湯気がアーシェリアスの戸惑いを乗せて揺れる。

あまりの慌ただしさにまだ少し心が落ち着かないが、ノアが男の子だという事実ははっきりしているのだ。

（完璧、ノアちゃんを女の子だと思ってた……）

けれど、思い返せば着替える時、ノアはいつもアーシェリアスに背を向けていたり、衝立《ついたて》があれば隠れたりしていた。

アーシェリアスは令嬢として育っているのもあり、嗜《たしな》みとして気を使って過ごしてはいたが、ノアの場合は男だという理由からだったのだろう。

ノアの母が変わった子だと言っていたのも、女装しているからという意味があったのかもしれない。

（それにしても、知らなかったとはいえ……恋人でもない男の子と同じ部屋に寝泊ま

りしてたなんて）

女同士だからと思って見せすぎてしまったところもあったかもしれないと、羞恥にまた深い息を吐き出したアーシェリアスは、心からのリフレッシュとはいかないまま、のぼせる前に湯から上がった。

そして、一度は部屋に戻ったのだが、明日のデザート大作戦でいい成果を出せるかという緊張もあり落ち着かず、気晴らしにと宿の庭に出て涼むことにする。

いくつものキャンドルが照らす庭の中央には、石造りのガゼボがあり、アーシェリアスは屋根の下に設置されている木製のベンチに腰かけた。

柔らかなオレンジ色を纏う庭の景色を眺め、優しく通り抜けていく風を火照《ほて》った体に感じていると、ザリ、と砂を踏む音が聞こえてアーシェリアスは視線をそちらへやる。

「ここにいたのか」

やってきたのは、ゆったりとした白いシャツを羽織ったザックだ。

アーシェリアスはザックの顔を見た途端、脱衣所での逞しい上半身を思い出し、頬を赤らめてしまう。

対して、ザックも必死に下着姿を隠すアーシェリアスの姿が脳裏に浮かんでしまい、気まずそうに一度視線を逸らしたが、「隣、いいか？」と遠慮がちに訊ねた。

恥ずかしさはあるものの断る理由はないので、アーシェリアスが小さく頷くと、ザックはそっと腰を下ろして足元のキャンドルを見つめながら口を開く。

「ノアが反省してたぞ」

「うん……」

「今後はちゃんと、俺たちと同じ部屋にすると言っていた」

「そっか。部屋、広くなっちゃうなぁ」

実は、温泉から戻った際にノアの荷物がすでになくなっていたのには気付いていた。きっとザックたちの部屋に移動させたのだろうと予想したのだが、その際、自分の荷物しかない部屋を見て寂しく感じたのだ。

ノアと部屋で過ごす時間は、修学旅行の夜のように楽しかったから。

「怒ってないのか？」

寂しがるアーシェリアスの横顔に、ザックが不思議そうに問いかける。

「驚いたけど、怒ってはいないわ。ザックの時と同じよ」

ザックがファーレン王国の王子であると知った時と変わらない。身分や性別が知っていたものと違っていても、否定することはないのだ。

「性別はオプション。女の子でも男の子でも、ノアちゃんはノアちゃん。あ、でも一応ノアくん、の方がいいのかな」

でも、あの可愛さと恰好でノアくんもおかしいかなと悩んでいると、ザックが一笑する。

「ノア、でいいんじゃないか?」

「そうだね」

性別で分けたりせず、〝ノア〟という人として呼ぶのが一番いいと、ふたりは微笑み合った。

「明日、うまくいくといいな」

「うん。ゆらたま亭とお客さんのために愛情込めて作るよ!」

ゆらたま亭の人たちの力になれるように、食べてくれる人たちが少しでも喜んでくれるように。

うまくいくことを胸中で願いながら、濃紺の夜空で輝く星々を見上げるアーシェリアス。

つられてザックも星空を見上げると、「愛情、か」とこぼし、以前から疑問に思っていたことを口にする。

「アイデアも愛情から湧くのか？」

「え？」

「アーシェの作る料理は変わったものが多いだろう？　異国の文字も読めるようだし、他国の料理を参考にしてるのか？」

　本当なら、詮索はあまりしたくないと考えていた。アーシェリアスが以前、異国の文字が読めることをはぐらかしたことがあったからだ。

　自分も王子であることを隠している。誰にでも触れられたくないことはあるだろうと、あまり突っ込まないつもりでいた。

　けれど、今こうして訊ねてしまったのは、ザックが自分の立場を明かしたからではなく、純粋に知りたいと思ったからだ。

　アーシェリアスを、もっと知りたいと。

　そして、この衝動がどこからくるものなのか、そのきっかけがある男のせいなのもザックは自覚している。

（……諦めるのは、得意だったはずなのにな）

　アーシェリアスと出会って、自分は本当に変わったと改めて強く感じるザック。

　美しいエメラルドグリーンの瞳に見つめられるアーシェリアスは、戸惑いを隠せず視線をさまよわせた。

（やっぱり、不思議に思うわよね……）

王子であるザックなら、教育などで様々な国の言語に触れる機会もあるだろう。

けれど、そんなザックでさえ見たこともない文字をアーシェリアスが読めるのだ。

そして、その文字が書かれた袋に包まれる食材を使いこなしているのだから、その国の料理なのではという考えに至るのも頷ける。

しかし『これは日本語です』と言ったとしても、ファレ乙の世界にはそんな国はないと怪しまれ、ややこしい話に発展するのは想像に容易《たやす》い。

（でも、下手にごまかしたり、曖昧にかわすのもよくないよね）

なにより、ザックにはあまり偽りたくないと思う自分がいる。

それはなぜか。

いつも助けてくれるから。共に旅をする仲間だから。

いくつかの理由を並べてみても、どれもしっくりこない。

だが、はっきりしているのは、アーシェリアスの中に、ザックにはちゃんと話したいという気持ちがあることだ。

（変に思われるかもしれないけど、話してみよう）

別の世界から転生した話など理解してはもらえないかもしれない。けれど、それなら忘れてくれと言って話を終わらせればいい。

ザックのことだ。理解はできなくても否定はしないと、そんな風に思うも、不安と緊張に鼓動は速まる。

アーシェリアスは、返事を待つザックを見つめ返して、薄い唇を開いた。

「転生して前世の記憶があるから、って言ったら信じてくれる？」

「前世？」

「アーシェリアスとして生まれる前の、今の私とは別の人間、莉亜という名の女性だった頃の記憶」

「リア……。おやきも、そこで作っていた料理なのか？」

ザックは、アーシェリアスの話を疑う様子もなく問いかける。

ここでおやきの話題を持ってくるのはさすがだなと微笑し、アーシェリアスは首を縦に振った。

「そうなの。ここことは違う世界で生まれ育って、母から作り方を学んだの。でも、色々あって二十六歳の時にうっかり死んでしまって」

「違う世界なんてあるのか……。なんで死んだんだ？」

「簡潔に言うと、マイペースな神様を助けたから、ね」

「神様を助けた？」

いよいよ首を傾げたザックだったが、それも仕方ないとアーシェリアスは苦笑する。

前世やら神様やら、どことなく宗教じみた話にも思える話で、もしアーシェリアスが聞く側であったなら間違いなくザックと同じ反応をしていただろう。

「なんかもう自分で話してて信じてもらいにくいなって思えてきた。ごめんなさい、変な話して……」

「……まぁ、正直ぶっ飛んでるが……アーシェが言うことだ。信じるよ」

見たこともない料理も、別世界から転生したなら納得がいくと続けたザックの言葉に、アーシェリアスの心が感動でジンと震えた。

「ザック……！」

「そうか、アーシェもオプションつきか」

ザックが王子であることと同じように、アーシェリアスにも別世界から記憶を持って転生したという、普通の人とは少し違うオプションがついている。

「同じだな、俺と」

嬉しそうにザックが微笑んだのを見て、アーシェリアスの胸が跳ねた。

暴れ始めた鼓動は、明らかにザックを意識したからであり、アーシェリアスは戸惑いを隠せず視線を膝に落とす。

（あ、あれ……？　どうしよう、嘘でしょ……）

先ほど偽りたくないと思い並べた理由はどれもしっくりこなかったのだが、ザックの微笑みを見て、思い当たってしまったもの。

（私、もしかしてザックのこと……）

心の中で続く二文字を紡ぎそうになった時だ。

「ああ、アーシェリアスさん。こんなところにいたんだね」

厨房で見た仕事着ではなく、ズボンの上に、膝まであるブリオーと呼ばれる上着を纏ったティーノが庭に現れた。

「ティ、ティーノさん、どうしたんですか？」

立ち上がって迎えるアーシェリアスに、ティーノはにっこりと笑んだ。

「君の部屋を訪ねたけどいなかったから」

ティーノの言葉に、アーシェリアスは明日のデザートの件でなにかあるのかと考えたのだが、ザックは違った。

アーシェリアスを隠すように立つと、ティーノに冷たい視線を送る。

「宿泊客の部屋を訪ねる理由を聞いてもいいか」

「ちゃんとお礼を言いたくてね。もしアーシェリアスさんが望むなら、朝まで僕がご奉仕するのもやぶさかでは……」

「ふざけるな。さっさと自分の部屋に帰れ、セクハラコック見習い」

ティーノの言葉は冗談なのか本気なのか。どちらにせよ、アーシェリアスにちょっかいを出され苛立つザック。

そもそも、アーシェリアスに対して欲が出たのもティーノのせいなのだ。

いずれどこかの姫と政略結婚をするであろう自分の立場で、アーシェリアスの恋路を邪魔できるはずもないのは承知している。

(だが、それでも……)

閉じ込めたはずの想いを胸に立つザックの姿に、ティーノは思いついたように眉を上げる。

「もしかして、ザックさんはアーシェリアスさんの恋人なのかな?」

問われ、アーシェリアスは勘違いされたらザックに申し訳ないと思い、否定すべく口を開いたのだが……。

「そうだ」

えっ、という声が出そうになるが、すんでのところでアーシェリアスは口を噤む。

背中からはザックの表情は見えないが、ティーノが肩をすくめてアーシェリアスに微笑みかける。

「それなら仕方ないな。じゃあ、ザックさんに飽きたら、遠慮なく僕のところにおいでね」

「えっと……ありがとうございます？」

なんと返したらいいのかわからずそう言うと、ティーノはアハハと笑って「明日、よろしくね」と告げてから去っていった。

「こちらこそ、よろしくお願います！」

アーシェリアスの声にティーノが片手を挙げて答えたところで、ザックが振り返る。

アーシェリアスを映す瞳には、呆れが滲んでいた。

「ありがとうじゃないだろ」

「ザ、ザックこそ、なんであんな嘘ついたの」

誤解されてザックは困らないのか。なにより、ティーノはザックが王子だと気付いていないが、いつかなにかのきっかけでバレたとしたら。

「王子様だし、万が一変な噂が立ったらよくないでしょう？」

人の口に戸は立てられない。人生なにがどう転ぶのかはわからないのだ。

しかし、かばってもらえたことは素直に嬉しく、気付きかけた想いも相まって、いい答えが返ってきたらと少しだけ期待してしまう。

ザックは、心配し自分を見上げるアーシェリアスの優しさに、秘めた想いを告げてしまいたい衝動に駆られた。

だが、そこはぐっとこらえてアーシェリアスのおでこに軽くデコピンをくらわす。

「俺は、噂されようがかまわない……理由は自分で考えろ」

ぶっきらぼうに言い放ち、背を向けたザック。

その耳が少し赤い気がしたのは都合のいい勘違いだろうかと、アーシェリアスは僅かにひりつく額に手を当てながらくすぐったい気持ちになる。

（そんなこと言われたら……本当に期待しちゃうじゃない）

キャンドルの炎が揺らめく中、一歩踏み出したザックが「また絡まれる前に部屋に戻るぞ」と誘う。

どことなく照れた様子のザックにアーシェリアスもまたはにかみながら歩き出すと、ぎこちないふたりを応援するように、夜空で星がひとつ流れた。

幸せ看板メニュー！　そして、刺激に満ちた明日へ

翌日、太陽がてっぺんを過ぎた頃。

「厚焼きパンケーキ、四つ入りましたー！」

ゆらたま亭の厨房には、ひっきりなしに〝ひんやりソフトの厚焼きパンケーキ〟のオーダーが入っていた。

食事処のウエイトレスに「はいよ」と返事をして、コンロでパンケーキを焼くウルバーノが作業台を振り返る。

「アーシェリアスさん、ソフトクリームはできてるかい？」

「あと少しです！」

ウルバーノに答えたアーシェリアスは、厨房に漂うリッチなバターとパンケーキの焼ける香りを楽しみながら、滑らかに固まり始めたソフトクリームをさらに冷やし、泡立て器でかき混ぜる。

（それにしても、ここまでお客さんが来てくれるなんて驚いたわ）

午前中、ノアとザック、エヴァンの三人が温泉街のメインストリートでチラシを

配って回ったのだが、どうやらそのチラシを見て食べに来た客の中に土産物屋の店員がいたらしく、土産を求め店に訪れる客に美味しかったとオススメしてくれたのだ。

『温かいパンケーキに冷たいそふとくりいむってアイスが最高に合うの！　そこに垂らした黒い蜜が、魔法でもかけたの？ってくらいにそふとくりいむの魅力を引き出してて……あーっ、また食べたくなってきた！』

そう涎《よだれ》を垂らす勢いで語り、チラシを見せてくれたから来たのだと、訪れた客の口から何度か教えられたのは手伝いで店に立つザックだ。

実は、ザックも集客に一役買っている。

ザックの役割は客の案内係なのだが、女性客の中にはザックの容姿に惹かれて足を止め、店に貼られたチラシのスイーツに興味が湧いて列に並ぶという者も多くいた。

また、昼前には意外にも男性客が多かったのだが、それはノアが笑顔で可愛くチラシを配っていた効果によるものだ。

ちなみにエヴァンはというと、宿の裏手の氷室で、ソフトクリームを冷やす氷をくだいて運ぶという役割を担っている。こちらは客ではなく、男性従業員のハートを掴んでいるようで、鍛え方を教えてほしいと頼まれているのを、アーシェリアスは一時間ほど前に小耳に挟んでいた。

（エヴァンさんはさておき、ゆらたま亭を訪れるきっかけがザックやノアちゃんっていうのはちょっとアレだけど、スイーツを食べたお客さんの反応はすごくいい。あとは口コミとリピーターさんが増えたら、きっとまた繁盛する宿になりそう）

時折、店内から聞こえてくる「美味しい」や「幸せ」という声に、アーシェリアスは笑みをこぼしながら、ふわふわの厚焼きパンケーキの上にソフトクリームを絞り出す。続けて、今朝タイミングよくシーゾーがくれた大容量の黒蜜をソフトクリームの上からかけた。

（お客さんたちに喜んでもらえてよかった）

パンケーキにデコレーションしていくアーシェリアスは、まずまずの成果に繋がったのではないかと安堵し、笑顔でパンケーキののった皿をカウンターに置いた。

「アーシェリアスさん！」

温泉街がかがり火やランプの灯りに照らされる時刻。

ゆらたま亭の食事処で、ウルバーノからのお礼である豪勢な夕食を終えたアーシェリアスたちは、部屋へ戻るために廊下を歩いていたところ、女将に呼び止められ、深々と頭を下げられた。

「このたびはありがとうございました。看板メニューのおかげでそのまま宿泊してくださったお客様もいて、なんと本日、満室になりました！」

「わっ、すごい！」

アーシェリアスが喜び混じりに驚き声をあげると、ノアが「おめでとうございますー」と小さく拍手する。

ザックとエヴァンも、いい結果が出せてよかったと頷き合い、女将は「本当に皆様のおかげです」とまたお辞儀をした。

続く女将の話では、明日も限定パンケーキが食べたいからと、泊まっている客もいるらしい。

アーシェリアスのアイデアと、ザックたちの手伝いの甲斐があり、かつての賑わいを取り戻したゆらたま亭。

感極まり笑顔で瞳を潤ませる女将に、アーシェリアスもまた目尻に涙を浮かべた。

「お役に立ててよかったです」

最初は余計な提案かもしれないと不安だった。大した集客もできずに終わってしまったら、手間をかけさせて申し訳ないと精一杯謝らせてもらうことも頭に置いていたのだ。

しかし、ウルバーノが焼くヨーグルト入りのふかふか厚焼きパンケーキは、もちもち加減が絶妙で素晴らしく、また、仲間たちの活躍も手伝ってよい結果をもたらした。

「みんなもサポートしてくれてありがとう」

ひとりでは成しえなかったと仲間たちを振り返り、礼を告げるアーシェリアス。

ザックが「仲間だからな」と、助け合い、共に努力することは当然だろうと話すと、ノアとエヴァンも同意するように笑みを湛えて頷いた。

「シーゾーも、黒蜜をありがとう」

まるで空気を読んだかのように黒蜜をくれたシーゾーのおかげで、黒蜜を作る手間がなくなり作業が楽になった。

エヴァンの頭に乗っていたシーゾーは、「モフー」と嬉しそうに羽をばたつかせ、アーシェリアスの腕に飛び込んだ。

それを見たノアが「ボクもー！」と言って、アーシェリアスに抱きつこうとしたが、すんでのところでザックに後ろ襟を掴まれて止められる。

「反省してるんじゃなかったのか」

「してるよ。ボクは、シーゾーを労うためにアーシェごと抱っこするんだよ」

「それならシーゾーだけでいいだろ」

にわかに騒がしくなってきた一行を微笑ましそうに見守る女将は、「あの」と再び口を開く。

「もしお急ぎでなければもう数日泊まっていってください。もちろん、お代はいただきませんので」

ありがたい申し出に一瞬心を弾ませたアーシェリアスだったが、カリドへはリフレッシュ目的で立ち寄ったのだ。

そもそもの目的は幻の料理の情報を得るためにエスディオに向かうこと。温泉をもっと堪能できるのは魅力的だったが、アーシェリアスは申し訳なさそうに眉尻を下げた。

「とっても嬉しくて素敵なお話なんですが、実は私たち、エスディオに向かう途中なんです」

特に急ぐ旅でもないけれど、厚意に甘えてのんびりしすぎてもよくない。なので、予定通り明日の朝出発すると伝えると、女将は目を瞬かせる。

「エスディオに？　もしかして、アーシェリアスさんは学者さんなんですか？」

エスディオを目指す者に学者は多い。カリドにもその途中で寄る者が多く、てっきりアーシェリアスたちもそうなのかと首を傾げた女将。

「いえ。実は、幻の料理と呼ばれるものを探していて、その手がかりがないかと訪ねる予定なんです」

アーシェリアスが目的を明かすと、女将は首を傾げたまま頬に手を添える。

「幻の料理……もしや、食べた者に幸福を与えるという料理のことですか？」

「そうです！　女将さんも知っていらしたんですね！」

幻の料理の言い伝えを知っている者は少ない。アーシェリアスの屋敷で働く者たちも、アーシェリアスの母から聞かされて知ったというのがほとんどだ。

学園の友人たちに訊ねても、皆、不思議そうに首を横に振るばかりだった。

父オスカー曰く、ファーレンではなく他国発祥の言い伝えなのではということだが、ここまでの旅で有益な情報が得られていないことを鑑《かんが》みると、あながちその予想は外れていないのかもしれないと考えていた。

だが今、ようやく幻の料理について知る者に出会えた。

（マレーアを出てから初めてだわ！）

アーシェリアスは興奮を抑えきれず、瞳を輝かせて女将を見つめる。

ザックは、ようやくアーシェリアスが夢へともう一歩踏み出せるのかと、密かに高揚しながら動向を見守っていた。

女将は小さく頷くと、懐かしそうに目を細める。

「亡くなった祖母から聞きました。幻の料理を作り、祖父に幸福をもたらしたのだと」

当時を思い出しているのか、そっと瞼を閉じる女将。

しっとりとした雰囲気を醸し出す女将とは対照的に、アーシェリアスは目を見張って思わず声を大きくする。

「おばあ様が作ったんですか⁉」

「え、ええ、私は話で聞いただけで料理自体を見たことはないのですが、確かそう言っていたかと」

女将の言葉に、アーシェリアスは胸を震わせて少し強くシーゾーを抱きしめる。

（亡くなったとはいえ、ファーレンに作った人がいたなんて！）

うまく言葉がまとまらず、質問できないアーシェリアスの代わりに、ザックが唇を動かした。

「どんな料理とか、そんな話は？」

「子供の頃に聞いたので、詳しく訊ねたりしなかったんです。食べた祖父はすでに他界してましたし……」

女将の返答に、ザックの手から逃れたノアが肩を落とす。

「えー、残念。材料とかわかればよかったね、アーシェ」

「そうね……」

もう少しはっきりした情報が手に入れば嬉しかったが、そんなトントン拍子にいくはずもないと、アーシェリアスは苦笑いした。

その様子を見て、エヴァンが元気づけるようにアーシェリアスの肩を軽く叩く。

「だが、実際に幻の料理を作った者がいるというのは心強い情報だ。レシピさえわかれば必ず作れるということだろう？」

前向きで希望溢れるエヴァンの言葉に、アーシェリアスの表情がみるみる輝いていく。

「そう、ね。そうだわ！」

もともと情報ゼロからの旅だった。ちょっとつまずいたくらいでなんだ。確実に一歩前進できたのだから、またもう一歩進むために動けばいい。

「エヴァンさん、ありがとうございます。本当にその通りだわ」

悲観的な思考を振り払うと、アーシェリアスは女将に「教えてくださってありがとうございます」と明るい表情で頭を下げた。

「いいえ、あまりお役に立てず……。ああでも、祖母はエスディオの生まれなので、もしかしたらエスディオでいい手がかりが見つかるかもしれませんね」

「そうなんですね！」

追加された情報はまたもや気持ちを持ち上げてくれるもので、俄然エスディオを目指す意欲が高まっていく。

「もし必要でしたらゲレータ地区に住むコスタという者を訪ねてみてください。祖母の実家なんです。お礼にもなりませんが、私にできることは喜んで協力させてくださいね」

「すごく助かります！　女将さん、ありがとうございます」

アーシェリアスが元気よくお辞儀をすると、ザックも小さく、しかし綺麗な所作で頭を下げ、エヴァンとノアもふたりに倣《なら》い感謝を伝える。

姿勢を戻したアーシェリアスの瞳は、ようやく幻の料理に一歩近づけた喜びと期待に満ち溢れていた。


「ねぇ、アーシェ。ボク、これはさすがに買いすぎだと思う」

川のせせらぎと、道行く人々の楽し気な声で賑わう夜の温泉街。酒場やレストラン、温泉地ならではのスキンケアグッズや民族品を扱う土産物屋が建ち並ぶ一角、フレッシュな野菜やフルーツが売られている青果店の前で、ノアは両手いっぱいに荷物を抱えて呟いた。

ノアの隣には、同じように荷物を両手に持ったザックが「まだ買うのか……」と呆れた眼差しでアーシェリアスの背中を見守っている。

ふたりが持つのは、明朝の出発にあたり必要な道具や食材だ。

旅を始めた頃よりも人数が増えているので、仕入れる量も二倍になっている。

背後で愚痴るノアとザックの声に、果物を眺めていたアーシェリアスは頬を紅潮させウキウキしながら振り向いた。

「だって、聖なる森で育った野菜や果物よ!?　絶対美味しいと思うし、オプション効果とかついてそうだし」

魔物を寄せつけない不思議な森の一角で作られたものであれば、どこかしら特別に違いない。

以前、マレーアの市場でもカリドの商人が売っていた果物がとても美味しかった記憶がある。だから、ここに並ぶものもきっとアタリが多いに違いないと、アーシェリアスは再び視線を品物に戻した。

「なにオプションって。アーシェがボクを好きになってくれるオプションがついてるなら、お小遣いはたいて全部買い――」

「すいませーん！　このオレンジってここにあるので全部ですか？」

「って、聞いてないし」

店員と会話を始めたアーシェリアスに、ノアは唇を尖らせる。

不服そうなノアの様子に、ザックは荷物を抱え直すと「残念だったな」と声をかけた。

「アーシェは食べ物のことになると、他は見えず聞こえず状態になる時がある。本気で伝える気があるなら、ちゃんとした雰囲気を作った方がいいぞ」

アドバイスとも取れるザックの言葉に、ノアは表情を真面目なものに変える。

「……ザックはそれでいいの？　ボクが本気出しても大丈夫なわけ？」

「その時は俺も全力でいくだけだ」

ザックの返答に、ノアは睫毛の長い大きな瞳を丸くした。

（てっきりごまかすかと思ってたのに認めた……）

正直に気持ちを吐露したザックと、それに驚くノア。

ふたりが静かに火花を散らしていることに気付かないアーシェリアスは、籠にマンゴーを入れるエヴァンを発見する。

「ちょっと、エヴァンさん！　マンゴーはそんなにいらないです」

「いいや、一日一マンゴーだ」

俺には必要なのだと言い張るエヴァンに、アーシェリアスは「もう……」と苦笑した。

（まあ、マンゴーにもオプションがあるかもしれないしね）

美容にも効果ありのマンゴー。その効果がアップしているかもしれないという願望を胸に抱いたところで、ふと、エヴァンにはオプションはないのだろうかと考えた。

実は王子であるザックと、実は男であるノア。このふたりのように、エヴァンにもなにか秘密があるのではないかと、その横顔を見つめていたら視線がぶつかった。

「なんだ？」

「え？　いえ、特にどうということはなくて……」

「ははーん、そうか。ついに隠し切れない俺の魅力に気付き、惚れたのか」

「えええええ。どうしてそんなにポジティブなんですか」

いっそ清々しいほどの勘違いっぷりに白目を剥きそうになるアーシェリアス。

真面目に返してしまうと無駄に疲れそうなので「違いますからね？」とひと言で誤解を解いてから、店主へ支払いを済ませた。

エヴァンは果物と野菜を詰めた重い箱を軽々持つと、ザックとノアを振り返る。

「アイザック様、そちらも俺がお持ちしましょうか」

「ザックだ。いい、俺が持つ。ひとまずこの大量の荷物を馬車の荷台に運んでいいか?」

エヴァンに人前での呼び方を注意してから、アーシェリアスに確認を取るザック。

このまま宿に運んでも効率が悪いので、「そうしましょう」とアーシェリアスは足元に置いていた袋を手に持った。

やや重さのあるこの麻袋の中には、道具屋で購入した電鉱石が入っている。

アーシェリアスはザックたちの後ろを歩きながら、買い忘れているものはないかと頭の中でチェックした。

(水は厩舎番の人に樽に追加をお願いしてある。食料は今買った分で足りるはず。電鉱石も買ったし……あっ)

「医療品だわ!」

買い忘れがあることに気付いたアーシェリアスの声に、三人が足を止め振り返る。

「買い忘れか?」

ザックに訊ねられ、アーシェリアスはコクコクと頷いた。

「ごめんね。道具屋に戻って買ってくるから、みんなは先に行ってて」

「それなら俺も行く」

「大丈夫！　荷物重いし、先に厩舎に行ってて」

心配で付き添おうとしたザックに、笑みを浮かべて厩舎へ行くよう促すアーシェリアスは、踵を返して道具屋を目指した。

道具屋は青果店が並ぶ大通りの裏手に店を構えている。辺りには酒場が多く並んでいるのだが、傷薬などを買い足したアーシェリアスが店を出た瞬間、足元のおぼつかない酔っ払いとぶつかってしまった。

「あっ！」

バランスをうまく取れなかったアーシェリアスは、よろめいて転倒し、購入品が路地に散乱する。

「気をつけろバカヤローコノヤロー」

「ごめんよぉ、おねぇちゃん」

「い、いえ。こちらこそごめんなさい……」

アーシェリアスの父、オスカーと同じくらいの年齢だろうか。酔っ払いふたり組は「もう一軒行くか」と路地にへたり込むアーシェリアスに特に手を貸すこともなくフラフラと歩き去っていく。

(まぁ、下手に絡まれるよりはいいかな)

以前、酒場で絡まれてザックに助けられた時のことを思い出す。

(やっぱり、一緒に来てもらえばよかったかも)

心細さが胸の内に生まれて、自分がどれほどザックを頼りにしているかを再確認しながら、散らばってしまった電鉱石や薬を拾っていた時だ。

「……なんだか、苦労してるのね」

覚えのある女性の声に、アーシェリアスはまさかとほんの一瞬息を止めてから顔を上げた。

そこに立ってアーシェリアスを見下ろしているのは、先日も宿場町で偶然会った人物。彼女は優し気な双眸の奥に憐《あわ》れみを滲ませ微笑んだ。

「こんばんは、アーシェ。また会えるなんて驚いたわ」

「ミア……」

なぜ、ここにミアがいるのかと瞬きを繰り返す。

(こんな偶然ってあるの?)

宿場町だけならまだしも、カリドでも会うとは。

いや、カリドだから会ったのかもしれないと、アーシェリアスはミアがアルバートと旅行中だと語っていたのを思い出した。

「ここに、旅行に来てるの？」

「ええ、そうなの！　愛染の湯というお宿のスイートルームに今日から泊まっているわ」

「そ、そう。アルバート様は……」

「同僚の騎士の方がいたとかで、お話に行っているの」

それはもしやエヴァンのことだろうかと予想し、そうであればどうか面倒なことにならないでと祈る。

なるべく早くミアからも離れようと思い、急いで転がった品物を拾っていく。

するとミアが、少し離れた場所に立つ付き人に待っているように穏やかに告げてから、アーシェリアスの前にしゃがみ込んだ。

「アーシェ、私ね、アルバート様との婚約が決まったの。とても幸せだわ。けれど、あなたは道に這いつくばって……かわいそう」

ミアの言葉は同情というよりも嘲笑う方が近く、アーシェリアスはどんな顔をしたらいいのかわからない。とりあえず笑みを浮かべてみたものの頬が引きつってしまう。

（別に好きで這いつくばってるわけじゃなく、アクシデントに見舞われただけなのに。悪役補正怖いっ）

ミアは転がった包帯を手に取り、アーシェリアスに差し出すと、さらにマウンティングをとるために悲し気に眉を寄せた。

「こんな姿を見たら、アルバート様もがっかりするわ。〝元〟とはいえ許嫁だったのだし、彼を辱めて困らせないでね」

それは完全に嫌味だった。アルバートの相手に相応しいのは自分であり、今のアーシェリアスは汚点にしかならないと。

（……確かに、令嬢としては反省すべき行いかもしれない。でも……）

婚約を解消してもなお、アルバートに縛られなければならないのか。

言われっぱなしは悔しいが、下手に揉めて父や兄に迷惑をかけたくはないと、アーシェリアスは、ミアの手から包帯を受け取り感謝の言葉を口にしようとしたのだが。

「そっちこそ、アーシェを困らせるな」

凛《りん》とした、けれど落ち着いた低い声は、先ほどアーシェリアスが心の拠り所として思い浮かべた人物のもの。

「伯爵だか公爵だか知らないが、誰かのために必死になれるアーシェを恥ずかしいなど思うような男なら、破談になって正解だな」

辛辣《しんらつ》な言葉を並べつつ、背後から現れたザックはアーシェリアスが落とした電鉱石を拾い上げる。

「大丈夫か？」

「ありがとう。私は平気よ。厩舎に行ったんじゃなかったの？」

「やっぱり心配だったから、荷物はエヴァンとノアに任せた」

自分のために引き返してきてくれたこと、さらには今までの行いを認めてくれたザックの言葉に、アーシェリアスは「ありがとう」ともう一度しっかりとした口調で感謝を伝えた。

ザックは転がったものをすべて袋に戻すと、アーシェリアスに手を差し伸べ立たせる。

触れるザックの手は温かく、それが彼の心の温かさをも表しているようで、アーシェリアスは思わずキュッと握った。

「……あのぉ、どちら様ですか？」

突如現れた金髪の美青年に、ミアは相手から可愛く見える角度を作って首を傾げる。

しかし、ついさっき、アーシェリアスに対して嫌味をぶつけていたのを聞いていたので、ザックの目に映るミアは、人の皮を被った強《したた》かで醜い魔物だ。

「ただの旅の仲間だ」

名乗るつもりはないので曖昧に答えたザックだったが、ミアは目ざとくもザックの腰に下げる剣の柄に気付く。

それは、アルバートが纏う騎士服にも縫いつけられているファーレンの紋章。しかし、その紋章を剣に使うことが許されているのは王族のみ。

ザックが名乗らなかったのは、ミアに一ミリも興味がないからだったのだが、ミアは王子が身分を隠すためだと勘違いした。

名乗らなくても、王子だとわかればそれで十分。

ミアはチャンスを逃すまいと、自分を売り込むため、佇《たたず》まいを直して片足を下げ、上質なフリルスカートを摘まんだ。

「はじめまして。私はミア・ファニングと申します。アーシェとは学友で――」

「悪いが、興味はない。行くぞ、アーシェ」

ミアの自己紹介をバッサリと切り、ザックはアーシェリアスの手を引いて歩き出した。

残されたミアは、アルバートを奪った時のようにうまくいかず、アーシェリアスを優先された屈辱に唇を噛む。

「い、いいの？」

「なにがだ？」

「一応彼女、アルバートの婚約者で……」

アルバートは騎士だ。しかも公爵という階級で、王子であるザックにとっては部下にあたる。

その婚約者ともなれば、あまり適当にあしらうのもよくないのではと考えたのだが、ザックは特に気にした様子もなく「アルバート……」と呟いた。

そして、前方を見据えながら続けて唇を動かす。

「もしかして、そこにいるアーシェの元婚約者か」

「そこにいる⁉」

慌ててザックの視線を追うと、ミアを迎えに来たのか、アルバートがこちらに向かってきていた。

アルバートは凛々しい瞳にアーシェリアスの姿を映すと、僅かに表情を硬くしたが、隣を歩く人物が誰であるかに気付き目を見開くとすぐさま頭を下げる。

「アイザック様！　エヴァンから先ほどカリドに滞在しておられると聞きました。よろしければ護衛騎士を増やしますか？」

「いや、公式の旅ではないから必要ない」

「は、承知しました」

やはりアルバートとエヴァンは知己《ちき》だったようだ。ならば、アルバートとザックが互いに顔を知っているのも道理。

アーシェリアスがひとり納得していると、アルバートの視線がチラリと向けられた。

「お、お久しぶりです、アルバート様」

「ああ……」

アルバートはアーシェリアスとの婚約解消に際し、アイザック王子が間に入っているのを知っている。

どうやってアーシェリアスとアイザック王子が知り合ったのか。なぜ共に旅をしているのか。詳細は聞かされておらず、しかし本人を前にあれこれと聞き出すわけにもいかないため、そっとアーシェリアスの様子を窺っていると、ザックが「アルバート卿」と声をかけた。

「はっ」

「お前、女を見る目がなさすぎだ」

「……は？」

「後でアーシェを返してくれと言われても返せないからな」

はっきりと告げ、ザックはアーシェリアスの手を離すことなく再び足を進める。

「ちょっ、ザック……なにを言ってるのっ」

ほんのりと頬を赤らめるアーシェリアスは、腕を引くザックを半歩後ろから見つめた。表情は見えないが、耳には明らかに朱が差している。

「そのままだ」

それは昨夜、キャンドルの炎が揺らめく宿の庭で見せた反応と同じ。

「……また、自分で考えろって言うんでしょう？」

そして曖昧に終わるのだと、もどかしくも落ち着かない気持ちでこぼしたアーシェリアスに、ザックは密かに深呼吸してから告げる。

「じゃあ……特別にヒントをやろうか」

「えっ」

まさかヒントをもらえるとは思ってもいなかったアーシェリアスは、トクントクンと胸を高鳴らせて言葉を待った。

前を向いていたザックが、優しく吹き抜ける風に、金色の髪を柔らかく揺らして振り向く。形のいい薄い唇が開き、透明な海のように美しいエメラルドグリーンの瞳がアーシェリアスを見つめた。

「俺の心にいるのは、今も昔もアーシェだけだ」

だから、渡したくないとでも続くように、ずっと繋いでいた手に力を込める。

それは、ヒントというより最早告白に近いもので、アーシェリアスは顔が一気に熱を持つのを感じ慌てて俯いた。

（ああ……やっぱり私、ザックのことが好きなんだ）

向けられた言葉が嬉しくて、体中を幸福感が満たしていく。

いつの間に惹かれていたのか不思議だけれど、この胸にある想いは確かに恋と呼ぶもの。

なにか言葉を返さないと、と顔を上げるも、ザックの視線が逃げるように逸らされてしまう。

だから、アーシェリアスも素直に想いを伝えられず……。

「おやきじゃなくて？」

いつもの調子で茶化してしまったのだが、ザックには心地よかったのか、はにかんでアーシェリアスと視線を重ねる。

られた。

「……否定はしない」

互いに照れを隠し、けれど繋がれた手の指は想いを伝え合うようにしっかりと絡め

「明日は栗の餡子でおやき、作ってみるね」

ザックのために、いつもとはちょっと違う特別な愛情を込めて。

厩舎への道すがら、嬉しそうに微笑んだザック。

幻の料理を求めて続く旅。

明日からは今までよりも少し刺激に満ちたものになりそうだと、仲間と合流する際に繋いだ手を隠しながら、ふたりは微笑みを交わした。

【FIN……？】

あとがき

こんにちは。和泉あやです。

この度は、数ある書籍の中から『破滅エンドまっしぐらの悪役令嬢に転生したので、おいしいご飯を作って暮らします』をお手に取ってくださりありがとうございます。

悪役令嬢のアーシェリアスに転生し、今生での幸せを求めて幻の料理を探しに出る本作品、いかがでしたでしょうか。

悪役令嬢ものも飯ものも初めて書かせていただいたのですが、非常に楽しかったです。

破滅エンドを回避し、再びフラグを拾わんとホロ馬車に乗って旅に出る。そこで出会う個性豊かな仲間たち。

デリカシーが出張中のザックをはじめ、魔物の心が読めるボクっ娘ノア、マンゴー中毒騎士エヴァン、そしてお役立ち妖精シーゾーと、どのキャラクターもお気に入りです。

時々騒がしくもある彼らに、クスッと笑っていただけたら嬉しいです。

最後に、イラストを描いてくださいました潤宮るか先生、可愛いアーシェとイケメンザック、そして、萌え転がるほどにキュートなシーゾーをありがとうございました。作中に登場する食べ物もたくさん散りばめていただいて嬉しいです。

また、担当編集の福島さま、編集協力の妹尾さま、細やかなアドバイスをいただきましてありがとうございました。

そして、いつも応援してくださる皆様、本作をお読みくださった皆様に心からの感謝を。

本作にてアーシェリアスが振る舞う料理が、皆様のお腹をぐぅっと鳴らせることができましたら幸いです。

和泉《いずみ》あや

和泉あや先生への
ファンレターのあて先

〒104-0031
東京都中央区京橋1-3-1
八重洲口大栄ビル7F
スターツ出版株式会社　書籍編集部　気付

和泉あや先生

本書へのご意見をお聞かせください

お買い上げいただき、ありがとうございます。
今後の編集の参考にさせていただきますので、
アンケートにお答えいただければ幸いです。

下記URLまたはQRコードから
アンケートページへお入りください。
https://www.berrys-cafe.jp/static/etc/bb

破滅エンドまっしぐらの悪役令嬢に転生したので、おいしいご飯を作って暮らします

2019年12月10日　初版第1刷発行

著　者　和泉あや

発行人　菊地修一
デザイン　hive & co.,ltd.
校　正　株式会社鷗来堂
編集協力　妹尾香雪
編　集　福島史子
発行所　スターツ出版株式会社
〒104-0031
東京都中央区京橋1-3-1　八重洲口大栄ビル7F
TEL　出版マーケティンググループ　03-6202-0386
(ご注文等に関するお問い合わせ)
URL　https://starts-pub.jp/
印刷所　大日本印刷株式会社

Printed in Japan

ISBN 978-4-8137-0814-8　C0193

ベリーズ文庫 2019年12月発売

『不本意ですが、エリート官僚の許嫁になりました』　砂川雨路《すながわあめみち》・著

財務省勤めの翠と豪は、幼い頃に決められた許嫁の関係。仕事ができ、クールで俺様な豪をライバル視している翠は、本当は彼に惹かれているのに素直になれない。豪もまた、そんな翠に意地悪な態度をとってしまうが、翠の無自覚なウブさに独占欲を煽られて…。「俺のことだけ見ろよ」と甘く囁かれた翠は…⁉

ISBN 978-4-8137-0808-7／定価：本体640円＋税

『独占溺愛～クールな社長に求愛されています～』　ひらび久美《くみ》・著

突然、恋も仕事も失った詩穂。大学の起業コンペでライバルだった蓮斗と再会し、彼が社長を務めるIT企業に再就職する。ある日、元カレが復縁を無理やり迫ってきたところ、蓮斗が「自分は詩穂の婚約者」と爆弾発言。場を収めるための嘘かと思えば、「友達でいるのはもう限界なんだ」と甘いキスをしてきて…。

ISBN 978-4-8137-0809-4／定価：本体650円＋税

『かりそめ夫婦のはずが、溺甘な新婚生活が始まりました』　田崎《たさき》くるみ・著

新卒で秘書として働く小毬は、幼馴染みの将生と夫婦になることに。しかし、これは恋愛の末の幸せな結婚ではなく、形だけの「政略結婚」だった。いつも小毬にイジワルばかりの将生と冷たい新婚生活が始まると思いきや、ご飯を作ってくれたり、プレゼントを用意してくれたり、驚くほど甘々で…⁉

ISBN 978-4-8137-0810-0／定価：本体670円＋税

『極上御曹司は契約妻が愛おしくてたまらない』　紅《くれない》カオル・著

お人好しOLの陽奈子はマルタ島を旅行中、イケメンだけど毒舌な貴行と出会い、淡い恋心を抱くが連絡先も聞けずに帰国。そんなある日、傾いた実家の事業を救うため陽奈子が大手海運会社の社長と政略結婚させられることに。そして顔合わせ当日、現れたのはなんとあの毒舌社長・貴行だった！

ISBN 978-4-8137-0811-7／定価：本体650円＋税

『【極上旦那様シリーズ】俺のそばにいろよ～御曹司と溺甘な政略結婚～』　若菜《わかな》モモ・著

パリに留学中の心春は、親に無理やり政略結婚をさせられることに。お相手の御曹司・柊吾とは以前パリで会ったことがあり、印象は最悪。断るつもりが「俺と契約結婚しないか？」と持ち掛けてきた柊吾。ぎくしゃくした結婚生活になるかと思いきや、柊吾は心春を甘く溺愛し始めて…⁉

ISBN 978-4-8137-0812-4／定価：本体670円＋税

タイトル、価格等は変更になることがございますのでご了承ください。